EW
エブリスタ
WOMAN

となりのふたり

橘いろか著

JN257867

三交社

となりのふたり

目次

プロローグ

漂《ただよ》ってきた甘いメープルの香りに、思わず笑みをこぼす。いつも私を幸せな気持ちにしてくれるここは、毎日通っているパン屋で、店の名前は〝Ｖｏｔｒｅ ｐａｉｎ〟。ヴォートルパンと読む。

「いらっしゃいませ」

ガラガラと二重のガラス戸を開けると、いつものように明るい声が私を迎える。

けれど、私が店の名前を口にすることはほとんどない。普段は「パン屋さん」で済んでしまうからだ。私がこのパン屋さんに毎日通うのは、私の職場の隣だから。だから、正しくは〝隣のパン屋さん〟なのだ。

目を閉じて店内に広がるとろけるような香りを吸い込むと、カウンターにいる女性スタッフが、「霧島《きりしま》さん、こんにちは」とレジ打ちの合間に人懐っこい笑顔を見せた。

「こんにちは」

彼女の名前は宮田《みやた》さん。私が微笑み返すと、彼女と一緒に店の奥からもう一つ別の笑顔が返ってくる。カウンターから見える奥の厨房《ちゅうぼう》でいつも大きなオーブンの前で作業をする男性スタッフだ。

彼の存在に気がついたのは一カ月ほど前、ちょうど四月になったばかりのことだった。今日のように昼食のパンを買うために、店内で品定めをしていると、焼きたてのパンを載《の》せた天板を片手に彼が現れたのだ。

この店に訪れるお客さんにとって、焼きたてのパンほど魅力的なものはない。店内にいた客は、彼が商品棚にパンを並べ終えるのを今か今かと待っている。私も例外ではなかった。ただ、私が他の客と違ったのは、彼が棚にパンを並べ終えるのを待ちきれず、彼に話しかけていたことだった。

「もしかして、新作ですか？」

「はい。今月限定の春キャベツとベーコンのフォカッチャです」

宮田さんをはじめ、何人かの女性スタッフとは親しく話をさせてもらっていたので、彼に対してもつい親しげな口調になってしまった。でも、その時はそれよりも焼きたてのパンのことのほうが気になっていた。この店では毎月数点のパンが新作として、その月限定で発売される。私は身を乗り出すように声を上げた。

「じゃあ、それください！」

「ありがとうございます」

彼は天板から直接私のトレイに新作のパンを載せてくれた。

それ以来、店に来ると、私たちは軽く会釈《えしゃく》を交わすようになった。彼は手を止めることなく作業を続け、私はすぐに目をそらしてパンを選びに店の奥へと移動する。

今日はメープルの香りに誘われ、ナッツがたっぷり入ったメープルシュガーパンとコロッケパンを選んだ。いつもどおりレジカウンターにトレイを置くと、宮田さんは手早くレジ打ちを終えて、私が財布を開いているわずかな間に、パンの包装を済ませた。

彼女に代金を支払い、お釣りを待っている間に、何げなく厨房を見ると、彼と目が合った。再び会釈をすると、それに気づいた宮田さんが後ろを振り返ってから私にお釣りを手渡した。

「ああ見えて、ここの店長なんですよ」彼女はクスクスと笑った。

「え？　店長さん⁉」

私は財布に小銭を入れながら、思わず彼女を見返した。彼に私の声が聞こえてはいないかと上目遣いに奥をのぞくと、彼は別のスタッフに指示を出していて、私の声には気づいていないようだった。

そのまま彼の横顔を見つめる私に、彼女が小声で言う。

「そう見えないでしょ？」

「いえ。ただ、ずいぶんお若いから……」

私は慌てて目をそらし、首を横に振った。彼は見たところ、三十歳にいくかいかないかといったところだ。他のスタッフに偉ぶっている様子もなく、いつもみんなと同じように作業をしている。正直なところ、とても店長には見えなかった。だからこそ、初めてあった時、あんなにも気安く話しかけてしまったのだ。

店長さんか……。

私は心の中でもう一度つぶやき、パン生地を扱う彼を見た。すると次の瞬間、手元を見ていた彼の視線が上を向き、もう一度目と目が合った。とっさに私は包装してもらったばかりのパンの袋を掲げて微笑みかけた。

彼も笑顔でうなずくのを見て、私ははにかみながらうつむいた。店の外に出て顔を上げると、近所に見える小さな公園の桜のつぼみが、薄紅色に色づき始めていることに気がついた。

第一章　理想の人

「よし、完璧だ」

　彼のその言葉にホッとして肩の力が抜ける。私が急ピッチで作成した資料をデスクに広げ、満足げな表情を浮かべるのは、私の勤める坂上法律事務所の所長であり、弁護士でもある坂上順一《さかがみじゅんいち》だ。

　オーダーメイドのシャツに合わせた太めのネクタイはイタリア製で、彼の定番であるスリーピースのスーツも当然オーダーメイドしたものだ。体格に合わせたタイトなつくりは既製品とは一目瞭然《いちもくりょうぜん》の違いがある。私はこんなにも素敵にスーツを着こなしている人を他に知らない。今年五十歳になる彼は優しくて、頼もしくて、仕事もできる、言わば理想の上司だった。

　そして私、霧島美織《みおり》はその坂上先生の秘書をしている。二十六歳、独身、彼氏はいない。

「もうこんな時間だ。お腹が空《す》いただろ？　一段落したし、昼ごはんにするといい」

「ありがとうございます。先生は？　お昼、まだですよね？」

「俺はすぐに出かけるから、そのついでに外で済ますよ」

彼は先ほどの資料を手にして言うと、私に「行っておいで」と促した。時計を見ると、午後の二時を回ろうとしていた。私は頭を下げて財布を手に事務所を出ると、隣のパン屋へと向かった。

ガラス戸を開けると、今日も「いらっしゃいませ」と、レジに立っていた宮田さんの元気な声に迎えられる。その奥で彼は生地をこねながら、いつものように私に遠慮がちな笑顔で会釈した。私も彼と同じ角度の会釈を返すと、トレイとトングを手にした。

店内に客はまばらだったが、ほんの数時間前は入り口付近まで行列ができていたはずだ。この時間帯になると混雑も落ち着き、ゆっくりとパンを選ぶことができる。だから、私はあえて自分の休憩時間をこの時間に取ることが多かった。

パンを吟味していると、厨房のほうから私を呼ぶ声がした。

「霧島さん！　今、クリームパン焼けましたよ」

オーブンから出したばかりの天板を、女性スタッフの橋本《はしもと》さんが運んで来た。綺麗に発色したオレンジ色のチークが彼女の笑顔を引き立たせている。

天板をのぞき込むと、アーモンド形のクリームパンが並んでいて、オーブンから連れてきた熱気とともに、ほのかなカスタードの匂いが漂っていた。

「じゃあ、これください」

私が迷わず返事をすると、彼女は「ありがとうございます！」と、私のトレイにクリームパンを載せてくれた。トングで持ち上げたクリームパンは薄いパン生地の中にたっぷりと閉じ込められたクリームの重みでわずかに形を変える。

「美味《おい》しそう」

私は彼女に微笑むと、サンドイッチコーナーに移り、蒸し鶏のレモンサンドを取ってレジに向かった。

宮田さんの手で焼きたてのクリームパンが紙に優しくくるまれる。私は五百円玉を渡し、お釣りを待つ間にいつものようにこっそりと厨房をのぞき見る。

スタッフは宮田さんと橋本さんを含めて五名ほど。みんな生き生きとした表情で働いている。私だって、仕事は好きだが、時折息が詰まってしまうこともある。そんな時に彼女たちの働きぶりを目にすると、元気がもらえるような気がするのだ。

ぼんやりと眺めていると、彼……店長さんと目が合った。厨房を見ていたことに気づかれたと思った私は、苦笑いを浮かべて「すみません」とつぶやいた。もちろん、私の声は彼には届いていない。

すると、彼が生地を扱いながら、大きな声で私に言った。

「クリームパン食べる時、火傷しないでくださいね。中のクリームがまだ熱いですから」

　彼と会話を交わしたのは久しぶりだった。

「……あ、はい。ありがとうございます」

　今度は聞こえるように返事をした。

「こちらこそ、いつもありがとうございます」

「いえ……」

　私は小さく首を振りながらわずかに視線を伏せた。彼の笑顔に思わず照れてしまったからだ。最近では、私に笑顔を向けてくれる異性といえば坂上先生だけで、先生以外の男性の笑顔には慣れていない。営業スマイルに過剰に反応する自分が少し恥ずかしかった。

　精算を済ませると、パンの袋を手に取り「いただきます」と言って店を後にした。振り返ってガラス戸を閉める時、ガラス越しに再び彼と目が合ったような気がしたが、光の反射でそう思えただけかもしれなかった。

　店を出て職場に戻るのには二分とかからない。一度歩道に出て、すぐ隣のビルの階段を上る。その二階の突き当りにあるのが坂上法律事務所だ。

「戻りましたー」

すりガラスの扉を開けると、「おかえり」と坂上先生がデスクから笑顔を向けた。

「今日も隣のパンか。よく飽きないな」

「全然、飽きないですよ。毎月新作が出るし、本当に全部美味しいんですから」

私が熱くなって語ると、坂上先生はクスリと笑った。

「隣のパンのことになると熱が入るな」

「そんなことないですけど……」

「仕事もそれくらい熱心に頼むよ」

「やってるつもりなんですけど、すみません……」

するると、先生は再び笑顔を見せた。どうやら私をからかっただけのようだ。

「わかってるよ。いつもよくやってくれてる。パンで元気をつけたら午後も頼むよ。じゃあ、出掛けてくるから」

「はい。お疲れさまです」

先生は胸の前でスーツの形を整え、靴にブラシをかけた。もちろん靴もオーダーメイドだ。先生の身に着けるものは値が張るが、彼はお洒落《しゃれ》を目的としているわけではない。きちんとした身なりの人には、自然と信頼が集まるのだという信条からだった。私は坂上先生のそういうところを尊敬していた。

「お疲れさまです」

先生を見送ると、私は流しでお湯を沸かした。早くしないとせっかくの焼きたてのクリームパンが冷めてしまう。私は急いで紅茶を淹《い》れると席に着いた。

「いただきまーす」

手にしたクリームパンはまだ十分に温かい。パンをくるんでいた包装紙をほどくと、ふわりと温かな空気が鼻に触れた。そして、彼……店長さんの言葉を思い出し、やや小さめの口でクリームパンにかぶりついた。フワフワでしっとりとした生地は、唇でもちぎれてしまうかと思うほど柔らかかった。

「アツっ……」

なるほど、中のクリームは彼が言ったとおりにアツアツで、パンから口を離した瞬間にもトロリとこぼれ落ちそうだった。

「美味しい〜」

クリームと一緒に私の頬まで落ちそうになる。その時、緩《ゆる》みすぎた私の顔を引き締めろとでも言うように、ありがたくないタイミングで電話が鳴った。

クリームパンを置いて、手早くメモの準備をする。受話器に手を伸ばしながら電話機のディスプレイを見て、小さく息を漏らした。ディスプレイに表示されたのはつい今しがた出て行った坂上先生の携帯番号だったからだ。私はほんの少し気持ちを緩めながらも、いつもの定型文句で電話を受けた。

「はい。坂上法律事務所、霧島でございます」

するると、予想どおり、電話の向こうから笑い声が聞こえてきた。

「ん、いい感じだね。その声ならお客さんは安心するね」

お世辞だとわかっていてもうれしくなる。電話の向こうにいる坂上先生の笑顔が目に浮かぶ。そんな私も口の中にカスタードの風味を感じながら思わず笑顔になった。

しかし、私の電話対応を試すつもりで連絡を寄こしたわけではないだろう。本題は何だろうか。

「霧島君、今日の夜、空《あ》けといてくれるかな？」

この一言で、私の身体から力が抜けた。こう先生が切り出す場合、たいていは仕事絡みの用件ではないからだ。そして、先生は口にはしないけれど、その問いかけには〝きっと、聞かずとも空いているだろうが〟という前提がある。つまり、私の都合を聞く前に、すでに予定は決まっていて、言わば事後報告なのだ。

けれど、先生は間違ってはいない。実際、私に特別予定があるわけではなかった。

「今日は何があるんですか？」

そう聞きながらも、おおよその見当はついている。

「矢島《やじま》テクノスの矢島君を知ってるだろ？」

「あの……息子で、専務さんでしたっけ？」

「そうだ。彼から食事に誘われてるんだ。君も一緒にってね。前々から話はもらってたんだが、俺が返事を先延ばしにしててね。さっき、催促《さいそく》の連絡があったんだよ。今日なら俺も都合がつくから、急で悪いけど付き合ってくれるかな？」

今思えば、以前に先生に尋《たず》ねられた時、『彼氏はいません』などとバカ正直に答えてしまったのがいけなかったのかもしれない。顔の広い先生を通じて、時折こうして食事の誘いを受けるのだ。

もちろん、私だって彼氏は欲しいわけで、食事の誘いがうれしくないわけじゃない。ただ、今まで先生を通じて誘ってくれた人とは、その後、うまくいった試しがなかった。そんな彼らには共通点があった。今日の矢島専務もそうであるように、会社ではある程度の地位についていて、自信家で、少し強引なところだ。その強気さは言い換えれば頼もしいとも言えるのだが、私にとっては苦手なタイプだった。

しかし、友人は「そんなこと言ってたら、結婚なんてできないわよ」と脅迫まがいに私に言う。たしかに、そんなことばかり言っていられない年齢になってきていることは承知している。でも、私は結婚云々《うんぬん》の前に、ごく普通の恋愛がしたいのだ。ごく、普通の恋愛が……。

先生もそんな私の気持ちにうすうす気づいているのかもしれない。矢島専務の件を先延ばしにしていたのも、私に気を遣ってのことだろう。先生に申し訳なく思いながらも、やはり積極的にはなれそうになかった。

なぜなら、一度食事に誘われるとその後が少し面倒なのだ。後日、食事やドライブに誘われることになり、大人の事情で無下《むげ》に断るわけにもいかなくなる。それが私にとって、最も苦戦を強《し》いられるところだったからだ。

だったら、最初から誘いを受けなければいいと思うのだが、先生の顔を潰すわけにもいかないし、私自身、誘いがあるたびに、『今度こそ運命の人かもしれない』などと、少しばかり夢を見てしまうのだ。

「先方のご期待には応えられないかもしれませんけど……」

そう自分で言った後で、毎回、同じセリフを言っていることに気がついた。

「俺も一緒なんだし、そんなことは気にしなくていい。君は美味しい食事を楽しめばいいんだよ。いいね？」

「……はい」

「じゃあ、七時に事務所を出られるように準備しておいて。俺もそれまでには戻るから」

「わかりました」

私が返事をすると、電話が切れた。受話器を戻し、クリームパンに手を伸ばす。いくぶん冷めてしまったようで少しがっかりしたものの、生地に包まれたクリームはアツアツとは言えないが、まだ温かなままだった。

「いただきます」

食事の途中に、何度もこう口にしてしまうのは私のクセだ。電話や急な来客で食事を中断されることが多いので、知らないうちにクセになってしまったらしい。

私は紅茶で口直しをして、もう一つの蒸し鶏のレモンサンドを頬張り、ゆっくり噛んで味わった。

食事が終わると、事務処理に取りかかった。弁護士業務の補助を行うのが、秘書としての私の仕事だ。私の業務範囲は意外に広い。坂上先生のスケジュール管理から雑用のすべて。そして、依頼案件についての調査や書類の作成などを行っている。

この事務所で働き始めたのは一年前。前任者が退職予定ということで採用された。その先輩にあたる秘書がつい先月退職したばかりで、必然的に私の仕事量も増えていた。笑顔で見送ったものの、彼女に仕事のすべてを教わった私としては寂しいと同時に不安でもあった。

私の処理能力が原因で、許容量を超えてしまいそうな場合、事故になる前に断らざるを得ない案件も出てくる。しかし、せっかくの依頼を断っていては事務所の評判にもかかわってくるだろう。もちろん、先生も重々承知していることだろうが、私も気になって仕方がなかった。

　そう言えば、先生は「人材にはあてがある」と言っていたのだが、その後、いったいどうなったのだろうか。

　しかし、今はそんな心配より、まずは目の前の仕事を片づけなければならない。一つでも多くの依頼を受任できるように私も仕事の効率を上げる必要があった。

　私は遺産相続のための調査に取りかかった。相続人の確定や相続財産の調査で、地味で手間のかかる仕事だった。気合いを入れて案件ファイルを取り出し、デスクで書類を広げたところで再び電話が鳴った。

「はい。坂上法律事務所、霧島でございます」

　今度はお客さまからの依頼の電話だ。ここに電話をかけてくるお客さまはどんな案件にしろ、何かしらの不安を抱いている人が大半だ。先ほど坂上先生が褒めてくれたように、まずは電話の対応で少しでも安心していただけるように心がけている。

「お電話ありがとうございます。ご相談でしょうか？」

　私が丁寧《ていねい》に尋ねるものの返事がない。

「もしもし？　ご相談ですか？」

　私は少し間を置いて相手に尋ねた。勢いで電話をかけてきたものの、電話が繋がった途端に言葉が続かなくなるお客さまは珍しくない。私は相手が話し出すのを静かに待った。

「すみません……。離婚について……ご相談したいんですが」

年配の女性と思われる声の主は、どこか申し訳なさそうにそう言った。

「離婚についてのご相談ですね。では、少しお話を聞かせてください」

私は声のトーンを少しばかり落とし、簡単な聞き取りを始めた。彼女は私の質問に落ち着いて返事をしながらも、離婚を考えるきっかけを尋ねた時には「ずっと考えていたんです」と、ため息交じりに言葉を濁した。

私は彼女の様子を察し、「では、一度お会いして詳しくお話をうかがってもよろしいでしょうか?」と、ひとまず話を打ち切ることにした。立ち入った話は顔を合わせてのほうが望ましい。彼女も少し安心したのか、「お願いします」と返事をした。

私は彼女との会話の間にパソコンで管理しているスケジュール表をデスクトップに表示させ、相談日を決定して電話を終えた。

受話器を置いてため息をつく。現在は離婚相談を専門に扱う弁護士事務所があるほど、依頼件数は右肩上がりだ。この事務所も例外ではなかった。ただ、正直、離婚相談は気が重かった。先ほどの女性は熟年離婚だろう。長い結婚生活の末の破綻。彼女はいつから離婚という言葉を頭の隅に置きながら、暮らしてきたのだろうか……。

私はこうした案件が少なからず自分の結婚に影響するのではないかと危惧している。

実際、どうしても結婚に憧れを抱くことができないのだ。

私はもう一度ため息をつきながら、メモに残したアポイントの日程をスケジュール表に入力した。

その後は資料の作成を行いながら、届いた郵便物の中身を確認したり、宅急便の荷物を受け取ったり、電話に応対したりと、休む間もなく業務をこなしていった。

夕方四時を過ぎた頃、坂上先生が事務所に戻って来た。

「お疲れさまです」

コーヒーを淹れようと立ち上がった私に、坂上先生は「また、すぐ出るから」と言いながら、彼の留守中に私が作成した資料に目を通している。直しがある場合はすぐに対処しなければならないので、私はパソコンの前で待機した。

「ありがとう。よくできてるよ。約束の時間には戻るから。行ってくるよ」

先生は関係資料を鞄に詰め込むと、慌ただしく事務所を出て行った。

私はデータを閉じると、深く息を吐き出した。先生を見ていると、もっと実務面でサポートできる人材が必要なように思えた。私よりも経験、知識とも豊富な人材の確保は急務だ。今のままでは坂上先生が倒れてしまいかねない。

弁護士事務所で事務員となれば、お給料だってそれなりだし、求人を出せばすぐにでも応募が来るだろう。なのに、先生はそういう働きかけをしていない。なぜだろうと思いながら、なんだか私のほうがやきもきしてしまう。

今日にでも先生に相談してみよう。倒れられてしまったら事務所だって共倒れなのだから、先生の体調管理も秘書である私の仕事だ。

私は少し意気込んで、椅子にもたれた背中を真っすぐに伸ばした。


先生は宣言どおり七時十分前に戻って来た。

「さて、そろそろ行こうか」

「先生、大丈夫ですか？」

「何が？」

「お疲れじゃないんですか？」

「まだまだ平気だよ。年寄りと思ってバカにしてるな？」

「バカになんてしてませんよ。心配してるんです」

「心配されるほどの歳でもないし、若い頃はこの何倍も働いてたよ」

「だからって……」私は小さくため息をついた。

「今日はちゃんとお昼は召し上がりましたか？」

「適当に食べたよ」

「それって、しっかりお食べになってないんでしょう？　ダメですよ。食事は健康な身体づくりの基本なんですから」

私はそこでハッとした。まるで先生に説教でもするかのように鼻息を荒くしている。

「すみません……」

私がうつむくと、先生は笑った。

「もう一人嫁さんがいるみたいだな。うちの女房だってそんなに俺のことを心配してくれないよ」

「すみません、つい……。でも、奥さまだってきっと心配なさってますよ」

「ありがとう。君はきっといい奥さんになるね」

「そんなことありませんよ。私なんて全然」

「そんなことないよ。そうだ……」

先生は少し考え込むように顎に手を当てた。私はその次に続く言葉を予想もできず、ただ待っていた。

「君にもそろそろそういう人を紹介してもいいのかな？」

「え？　そういう人って……」

一瞬、何を言われているのかわからなかったが、数秒後にその意味に気づいた。

「先生、私のことなんていいんです。それより、すぐにでも誰かを雇わないと先生が倒れちゃいますよ」

「ああ。そのことか」

先生は思い出したように言いながら、その後、深い笑みを浮かべた。

「俺もちょうど話そうと思ってたんだよ」

「え？　もしかして、もう決まってらっしゃるんですか？」

「ああ、決まってる」

「そうなんですか！　いつからですか？　どんな方です？」

私は思わず身を乗り出した。先生は口を開きかけたが、視線を腕時計に落とした。

「おっと、話の続きは後で。そろそろ出ないと遅刻しそうだ。君に会えるのを矢島君、楽しみにしてるからね。さ、急ごう」

先生は話の続きをお預けにすると、急いで戸締りをして私を連れて事務所を出た。


「先生……」

「どうした？」

「本当にここですか……？」

私がこんな疑問を抱くのも無理はないのだ。確かに食事の約束と聞いていたが、やって来たのは老舗の料亭だったからだ。とても気軽に食事という雰囲気ではない。そんな私の緊張をよそに坂上先生は笑顔を見せる。

「矢島君、ずいぶん張り切ったみたいだね」

「張り切ったって……」

そして、先生はからかい半分の表情で囁《ささや》く。

「俺は本当にお邪魔かもしれないね」

「え？」

「先生、絶対に途中で帰るとかなしですからね」

私は先生の前に回り込んだ。

「わかってるよ」先生は私を安心させようと、冗談めかして言う。

「大丈夫だよ。嫁入り前の大事な従業員だからね」

「嫁入り前のって……大袈裟ですけど、約束ですからね」

私の最後の念押しに先生は笑顔だけで応えると、自分が先頭に立って部屋に入った。

「矢島君、待たせたかな？」

「いえ、僕も今来たところです」

矢島さんは先生に返事をすると、身体を斜めにして私の顔をのぞいた。

「霧島さん、こんばんは」

「……こんばんは。今日は私までご一緒させていただいてすみません」

私が頭を下げると、彼は先生をちらりと見た。

「坂上先生には悪いけど、今日は君が主賓《しゅひん》だからね」

「主賓……？」

矢島さんが真っすぐに私を見つめている。私はその視線に耐えきれず、戸惑いながら少しうつむいた。

「俺をのけ者にしないでほしいな。さあ、霧島君も座らせてもらおう」

「あ、はい。失礼します」

先生の言葉に助けられ、私は矢島さんの斜め向かいに腰を下ろした。席に着くと私たちは先に出されたビールでグラスを合わせた。それを合図にすでに予約されていたコース料理が段取りよくテーブルに運ばれてきた。

その間にも矢島さんは私の瞳の奥をのぞき込むような強力な視線を送ってくる。私は苦笑いで返すと、グラスを置いて料理に箸《はし》を伸ばした。

「霧島さんとはもっと早くこうやって食事をしたかったんだけど、先生がなかなか許してくれなくてね」

「ごめん、ごめん。忘れっぽくてね」

先生は笑いながら彼のグラスにビールを注《つ》いだ。すると、彼はその言葉を聞き流しながら注がれたビールを一気に飲み干し、空《から》になったグラスを私に向けた。

「霧島さんにもお願いしたいな」

「すみません。気がつかなくて」

私は慌ててビール瓶を手にすると、彼の持つグラスに瓶の口を傾けた。彼のグラスが金色に染まっていく。泡がグラスから溢《あふ》れないように私の視線がグラスの縁に集中するのに対し、彼の視線は相変わらず私に注がれているのを、視界の隅でとらえていた。

ビールを注ぎ終えると、彼は今にも溢れそうな泡を揺らしてグラスを口に運び、半分ほど飲んだところでグラスを置いた。

「さ、霧島さんも飲んで」

彼が私から瓶を奪う。私はグラスを持ち上げながら先生を横目に見た。私はお酒がそれほど強いほうではなく、缶ビール一本で十分に酔える体質だった。私の視線に気づいた先生が「大丈夫」とばかりに小さくうなずくのを見て、私は彼の前にグラスを差し出した。

「ありがとうございます。少しだけ……」

そう言ったにもかかわらず、彼は自分と同じようにグラスいっぱいにビールを注ぎ、私は溢れ出すビールの泡に唇をつけた。そして、彼が自分のグラスを持ち上げて乾杯をせがむので、私は彼ともう一度グラスを合わせた。

「霧島さんって、彼氏いるの？」

こうした席で決まって聞かれる常套句のようなもの。答えはノーだが、素直に返事をしてしまうと、後がややこしくなるのは経験上、目に見えている。

「……はい」

嘘はいけないとは思うが、自分を守るための嘘なら時には必要というものだ。

「へえ、何やってる人？」

彼の声のトーンが幾分下がる。

「えっと……」

私は一瞬焦《あせ》って言葉に詰まる。こんな風に追及してくるとは思わなかったのだ。けれど、こうした時のための答えは準備している。

「坂上と同業なんです」

「坂上先生と？　じゃあ、弁護士？」

「……はい」

「弁護士かぁ……。霧島さんは簡単にはなびかないって聞いてるんだけど、弁護士先生ともなるとやっぱ違うんだ？」

「〝聞いてる〟って……誰にですか？　でも、弁護士だからとか、そんなの関係ありませんけど」

その言葉は本心だが、後ろめたさで顔を堂々と上げられない。

「歳は？　付き合ってどれくらい？」

彼の質問がやまないので私が困って苦笑いを浮かべると、坂上先生が私の嘘を承知で助け舟を出してくれた。

「矢島君、そんなに質問攻めにしちゃ、彼女も大変だよ。まだ付き合って間もないんだから」

私は安堵《あんど》しながらも先生の言葉に驚いた。先生はあたかも本当のことのように流暢に語っている。おまけに付き合って間もないという設定まで付け加えられた。

「ねぇ、霧島君？」

「え？　あ、はい……」

先生が私に同意を求めるので私はうつむきながら返事をした。

「付き合って間もないんだ？」今度は彼の声色《こわいろ》が明るくなる。

「だったら、まだ僕にも望みはあるのかな？」

彼が私の顔をのぞき込もうとすると、坂上先生が私の前からビール瓶を持ち上げて遮った。そして、私の代わりに返事をする。

「矢島君、残念だけど、難しいかもしれないよ。なにせ、見てるこっちが照れるくらいに仲がいいからね」

先生は意味ありげに笑い、私に小さなウィンクをした。

矢島さんとの食事は先生のおかげでなんとか和《なご》やかなまま終わった。あの場に先生がいなかったらと思うと少し怖い。私は思わず身震いしてしまった。

「連絡先、交換してもいいかな？」

その一言に背筋が凍った。彼と二人で会うなんて、とてもできそうになかった。つまり、今回も心のどこかで期待していた〝運命の人〟ではなかったということだ。

連絡先の交換に躊躇《ちゅうちょ》していると、私の隣で坂上先生が笑った。

「矢島君、悪いね。嫁入り前の大事な従業員だから」

先生が私たちの間に入ると、彼はわずかに不満を顔に滲《にじ》ませながら手にしていたスマホを握りしめた。

「先生は過保護すぎますよ。ここは口出しなしでお願いしたいんですが」

攻めの姿勢を崩さない彼に、先生も防御を固めるように私を自分の広い背中に隠した。

「悪いね。彼女を守っておかないと、同業者の彼に叱られるから」

先生はうまく作り話に上塗りした。すると、スマホを手にした矢島さんが大きくため息をつく。

「はあ……。先生みたいなボディーガードがいるんじゃ、一筋縄にはいかないってことか」

そう言うと、彼はすぐに笑みをつくって顔を上げた。

「でも、あきらめませんからね」

彼は先生に不敵な笑みを見せた後、私に向かって微笑んだ。

矢島さんと別れた後、私は何か大きな義務を果たしたような脱力感に襲われていた。

これからのことを考えると、正直、気が重かった。彼とは仕事上での付き合いがあるので、私に向けられた微笑みよりも、先生に見せた不敵な笑みのほうが脳裏に焼きついていた。

「お疲れさま」

つい疲れた素振《そぶ》りを見せてしまった私に、坂上先生が労《ねぎら》いの言葉をかけてくれた。

「いえ、すみません。いろいろと気を遣わせてしまって」

「いや、こっちこそ悪かった。今回ばかりは断れなくて」

「いいんです。先生のお立場もありますから」

私が笑顔を見せると、坂上先生も微笑んだ。

「それより矢島さん、気を悪くしてないでしょうか？　私ももっと積極的になれるといいんですけど……」

私は笑顔の後で小さなため息をついた。

「気にしなくて大丈夫だよ」先生は私を安心させるように優しい声色で言った。

「それならいいんですけど……」

もちろん、一般的には矢島専務は素敵な人だと思う。少々強引なところは彼の長所ともいえ、彼の表情や言葉にはいつも自信がみなぎっている。私の理想の男性は、男らしくて優しくて、頼もしい人。見方によっては、彼は私の理想の人物像ともいえるのだが、私の気持ちは少しも反応していなかった。

しばらく恋をしていないせいで、ときめき方も忘れてしまったのだろうか。ドキドキして、その人のことばかり考えて、そわそわして、落ち着かなくて、夜も眠れなくなるあの感覚。私はその感覚を思い出そうとしたが、意味のないことだと悟って考えるのをやめた。思い出して味わえる感覚ではないことだけはわかっていた。

あくびが出てしまいそうになり、私は手のひらで口元を覆《おお》った。今日一日の仕事の後に、もう一仕事終えたような気分で、急に眠気が襲《おそ》ってきた。恋する乙女とは正反対の状況だ。

「さて、タクシーを拾って帰ろうか」

先生の自宅と私のアパートでは方向がまったく違う。

「私、ここからならバスで帰れます」

私はバスの時間を調べようとバッグの中を探った。

「あっ……」バッグに手を入れたまま固まった。

「嘘……」

「どうした？」

「スマホ、事務所に忘れちゃったみたいで……」

「そりゃ大変だ。とりあえず戻ろうか」

「……すみません」

結局、私は坂上先生と一緒にタクシーで事務所に戻ることになった。事務所の前まで到着すると、私は一人でタクシーを降りた。鍵は私も持っている。

「わざわざすみませんでした」

「このまま待ってるから送っていくよ」

「いえ、歩いて酔いを醒ましながら帰ります。少し飲み過ぎましたから」

私は火照《ほて》った顔を手のひらであおいで言った。

「そうか。じゃあ、気をつけて」

先生は座席から私に声をかけると小さく手を挙げた。私が頭を下げるとドアが閉まり、タクシーはウィンカーを点滅させながら車の列に紛れていった。

タクシーが見えなくなるのを見届けると、身体の向きを変えてビルの階段を上がった。酔っているせいか身体が重い。一人になって気が抜けたのか、階段を上り切るまでに大きなあくびを二回もしていた。

事務所に入り、セキュリティを解除して電気を点ける。部屋の奥へ進みスマホを探すと、予想どおり電話機の横に置きっぱなしになっていた。

画面をタップして確認すると、電話の着信もメールもゼロ。少し寂しさを感じながら、私はスマホをバッグにしまい、事務所を出た。

ここから自宅のアパートまでは徒歩で帰れる距離だ。その場合、一番の近道は隣のパン屋の裏を通り抜けるルートで、私はいつもその道を通っていた。

時刻はもうすぐ十時。七時閉店のパン屋はすでに静まり返っている。私はライトアップされた店の看板にチラリと目をやり、表通りから事務所のビルと店の間の細い路地に入った。そして、裏通りに出た時だった。

「きゃっ！」私は思わず声を上げた。店の裏口が開いたのだ。

「店長さん……」

ドアの後ろから現れたのは折り畳んだ段ボールを手にした彼だった。店の裏は廃棄物置き場になっていて、分別されたゴミや段ボールなどが綺麗に整頓されている。

「あ……」

彼も小さな声を漏らし、私と同じ反応を示した。

驚きを何とか抑えると、反射的なものなのか、とっさに出たのは挨拶だった。

「こんばんは」

帰りがけに会ったのだから「さようなら」と言って、すぐに立ち去るべきだったのかもしれない。けれど、私が「こんばんは」と言って立ち止まったものだから、彼も「こんばんは」と、軽く会釈してくれた。彼は手にしていた段ボールを所定の場所に置くと、私を振り返った。

「今日は遅いんですね？」

「……え？」

私はドアの隙間から漏れる店内の明かりを頼りに彼の顔を見つめた。すると、彼は少し気まずそうに視線を泳がせた。

「あ、すみません。帰る時、よくここを通られてるから。正面のガラスから時々見えることがあって……」

「正面から……？」

私は「ああ」とうなずいた。店の正面はガラス張りなので、店内からも外の様子がよく見えるのだ。日中は日差しがあるのでブラインドが下ろされているが、陽が落ちるとブラインドは上げられる。私は普段、六時から七時の間には事務所を出ているので、彼が私の姿を目にしていたとしても不思議ではなかった。

しかし、彼に見られているとは思わなかった。きっと仕事が終わって気の抜けた顔をしているに違いない。その顔を想像しただけで頬が赤らみ、笑顔も苦笑いに変わる。すると、彼は言い訳するように謝った。

「すみません。閉店時間が近くなると、表の人通りが気になって、つい外に気が行ってしまうんです」

「あ、いえ、謝らないでください」

彼に丁寧に謝られると、余計に恥ずかしい。冷めかけた頬に再び熱が帯びる。私は自分の頬を両手で包んでごまかした。もしもこの時、冷静な状態なら、こんな暗がりで私の顔色に気づくわけなどないことくらいわかりそうなものだ。でも、この時の私はそこまで気が回らなかった。

私はつい先ほどまであくびを繰り返していたことを思い出し、顔を伏せた。もしかしたら彼に見られていたかもしれない。私は早くこの場を立ち去ることにした。

「すみません、じゃあ失礼します」

私が頭を下げると、彼は「お疲れさまでした」と笑顔をくれた。

「店長さんこそ、お疲れさまです」

私はそう言ってもう一度会釈して歩き出した。しかし、ほんの数メートル進んだところで足を止めた。私が後ろを振り向くとドアはまだ開いていた。彼のシルエットがわずかに首を傾ける。

「いつも美味しいパン、ありがとうございます！」

何を思ったのかこんな言葉が口をついて出た。私の言葉に彼は「こちらこそありがとうございます！」と言葉を返してくれた。

　彼の表情は影になって見えなかったが、私は彼の声色を耳にして明るい気持ちで帰路についた。春の心地よい風が頬を撫でる。けれど、酔いで火照った私の頬は、まだ少しも冷めてはいなかった。


　その翌日、私はめったにしたことのない寝坊をした。スマホで時刻を確認した途端、息が止まりそうだった。起きる予定時刻を三十分も過ぎていた。

　ベッドから飛び起きて、最優先で寝ぼけた顔にメイクを施す。悠長に朝ごはんを食べている場合ではなかった。いつもはヘアアイロンでストレートに直す髪も、時間短縮と寝グセをごまかすために一つにまとめ、着替えを済ませた。

　髪のセットに時間をかけなかったせいか、意外にも部屋を出たのは普段より早かった。私はいつもの通勤経路を辿《たど》りながら、ある考えを頭に浮かべていた。遅刻かと思いきや、一転、出社時間までに余裕ができたので、パン屋に寄ろうと思ったのだ。

　何より腹が減っては戦はできぬ。朝食を抜くなんて考えられなかった。たしかパン屋は朝の七時半からオープンしているはずだ。私は急いでいた歩調をさらに速め、店に向かった。

　パン屋に到着し、店内に入ると、昼時とは違う朝の清々《すがすが》しい空気が広がっていた。

「あれ？　霧島さん、おはようございます」

聞き慣れた声は宮田さんだ。彼女の声に厨房にいた数人がこちらを向く。

「おはようございます」

「朝、寄ってくださるなんて珍しいですね？」

「たまには……朝から贅沢《ぜいたく》もいいかなと、思ったんで……」

宮田さんが店の奥に姿を消すと、私は本当の理由を伏せて陳列棚を見回した。朝は朝食に合わせて甘いパンよりもサンドイッチなどの食事パンが豊富なようだ。私はサンドイッチのコーナーで、たまごサンドを一つ選んだ。トレイに載せてレジまで行くと、「おはようございます」と、奥から彼が顔を出した。

「おはよう……ございます」

私は少し驚いた。彼にレジ打ちをしてもらうのは初めてだったからだ。

「朝から来てくださるなんて珍しいですね？」

先ほどの宮田さんと同じ言葉をかけられ、私は照れ笑いしながら「店長さんこそ、レジをしてくださるのは珍しいですよね？」と、反対に彼に問いかけた。

「そうですね。いつもあっちでこねてるか、焼いてるかですから」と、彼は厨房を見ながら笑った。私は彼の笑顔を間近にして再び顔を伏せた。

昨日、近場で顔を合わせた時には薄暗かったので気にならなかったが、いつも彼とはレジと厨房の距離で顔を合わせるだけなので、彼がとても近くに感じられた。

「百六十二円です」

彼はレジを打つと包装を始めた。私はうつむいたまま財布をのぞき、小銭を探った。

「今日はいつもと雰囲気が違いますね」

彼がカウンターの向こうから私を見下ろしながら笑みを浮かべて言った。

「……そうですか？」

私は黒目を泳がせながら聞き返した。何が違うのかわからなかった。

「髪型のせいかな……？」

彼に言われて初めて気づいた。自分が今日、髪の毛をまとめていることさえも頭から飛んでいた。

「あ、そうかもしれませんね……」

私は束ねている髪に触れて返事をしているうちに、メイクも適当であったことを思い出した。それがきっかけで頬が熱くなる。

「ちょっと店長、霧島さんに何言ったんですか？　霧島さん、困ってるじゃないですか」

声をかけてきたのは商品棚にパンを並び終え、空の天板を手に戻って来た橋本さんだった。

「別に何も言ってないよ」

「そうです。別に何も。別に……困ってませんから」

彼女に返事をしながら、私は財布の中から小銭をつまんだ。

「ならいいんですけど。あ、霧島さん、今日は髪の毛まとめてるんだ？　可愛い」

「そ、そんなことないですよ。それより前から思ってたんですけど、七時半のオープンてすごく早いですけど、みなさん、大変なんじゃないですか？」

可愛いと言われて必要以上に動揺した私は慌てて話題を変えた。

「たしかにもう少し遅くてもいいと思うんですけど、一度始めてみると、こうやって来てくださるお客さんがいますから」

彼は穏やかに微笑んだ。きっと本心からそう思っているからだろう。すると、再び背後から橋本さんが言った。

「そんなこと言ってますけど、はっきり言って店長の身体が心配ですよ。もう一時間遅くオープンさせれば、店長だって一時間多く眠れるんだから。それでも早いくらいなのに、そのうち倒れちゃいますよ」

彼女は半ば呆れ気味に言った。

「コラコラ。お客さんの前でそんなこと言っちゃダメだろ」

「だって……。本当に店長が心配なんだから」

彼女は拗《す》ねたように唇を噛んだ。本当に彼のことを心配しているようだった。私が振った話題のせいで二人の間に微妙な空気が流れたので、私はとりなそうと明るく尋ねた。

「七時半にオープンなら、店長さんは何時から準備されてるんですか？」

「四時くらいかな」

「四時ですか……」

「土日はお客さまが多いので、三時頃から準備してますよ」

「三時⁉」

私は小銭を握りしめたまま大きな声を出してしまった。彼はその時間から準備を始めているにもかかわらず、夕べはあんな時間にまだ店にいた。それどころか、毎日私の帰宅する姿を店内から目撃しているのだとしたら相当な時間働いていることになる。それに、その時間から準備を始めているなら起きる時刻はもっと早い。まともに寝ていないのではないだろうか……。

それなのに、夕べ顔を合わせた時、彼はそんな雰囲気など微塵《みじん》も感じさせなかった。

私は彼の手元にあるたまごサンドの入った袋を見つめて急に恥ずかしくなった。今朝ここに立ち寄った理由を伏せておいて正解だった。

「すみません、これ……」

私はうつむいたまま彼に代金を支払い、お釣りをもらった。手のひらにかすかに彼の指先が触れた。私がお釣りをしまうと、彼がパンの入った袋を差し出してくれた。

「……心していただきます」

私が思わずそうこぼすと、彼は小さく首を傾げた。


事務所に着いても、先ほどの店長さんの話が頭から離れず、一人、紅茶を淹れ、たまごサンドを頬張りながら勝手に彼の一日を想像した。

私が仕事を開始する頃、彼はひと仕事終えたというところだろうか。それなのに、眠たそうな顔も、疲れた様子も見せていなかった。これからきっと、お昼のピークに備えてずっと立ちっぱなしでパンを焼くに違いない。

ちゃんと眠れているのだろうか？　朝ごはんは食べているのだろうか？　ちゃんと休めているのだろうか？

「店長さん……」

私は残り一口になったたまごサンドを見つめて思わずつぶやいていた。

「何か心配事か？」

私は突然背後から声をかけられ、勢い余って手元に置いてあったティーカップを倒してしまった。

「せ、先生!?」

私は坂上先生を振り返りながら慌てて布巾を取りに流しに走った。

「おはよう。今日は入ってきても挨拶がないから機嫌でも悪いのかと思ったよ」

「すみません、気づかなくって……。おはようございます」

本当に驚いた。デスクを拭《ふ》いている間に、飛び出しそうになった心臓がやっと正常なリズムを取り戻していく。

「いや、それはいいけど、何かあったのか？　ずいぶん考え込んでたようだけど」

「いえ、何でもありません。ちょっと気になることがあっただけで……」

「気になること？」

「あ、いえ、先生には関係ないことで……」

「それは寂しいな」

「そういう意味じゃなくて……」

私は返答に困った。考えてみれば、先生どころか、私にだって関係がないことなのだ。

「……すみません。なんでもありません」

私が謝ると、先生は理解に困ったのか鼻の頭を掻いた。

もとはと言えば、寝坊がいけなかったのだ。今日に限ってどうしてしまったのだろう。

変な夢でも見たのだろうか。

「霧島君、大丈夫か？」

「あ、はい。大丈夫です。コーヒー、淹れますね」

私はたまごサンドの最後の一口を口に入れると流しに立った。エスプレッソマシンにコーヒーのカプセルをセットして、いつものペースを取り戻そうと、大きく深呼吸をした。

コーヒーを運ぶと、先生はカップをテーブルに置く私の姿をじっと見つめている。

「……何でしょうか?」

「今日はいつもと雰囲気が違うね?」

「えっ?」

私はとっさに頭の後ろに腕を回してまとめた毛先に触れた。一瞬にして今朝のパン屋での出来事を思い出した。必要以上に赤面する私に、先生は「よく、似合ってるよ」と笑った。

「そうですか?」

ぎこちない笑顔で聞き返すと、先生はゆったりと大きくうなずいた。そして、コーヒーを一口飲むと話題を変えた。

「霧島君、今日なんだけど……」

先生はそこまで言うと、思い直したように背筋を伸ばして真顔になった。

「あ、その件より先に……。霧島君、今日の遺言書の相談、場所はどこだったかな?」

いつの間にか先生は手にしていたカップを置いて手帳を開いている。私も席に着いてパソコンのデスクトップにあるスケジュール表を急いで開いた。

「今日はご依頼人の山口《やまぐち》さまのご自宅です」

「そろそろ出ないとまずいかな？　あの辺り、いつも渋滞するよね」

先生は腕時計を見て私に尋ねた。

「そうですね。出られたほうがいいかもしれません」

「じゃあ、行くとするか。帰りに弁護士会に寄ってくるよ」

「弁護士会なら私が行きましょうか？　書類をいただいてくるだけですよね？」

「まあね。でも、いつも霧島くんに行ってもらってるから、たまには顔を出さないと嫌味を言われちゃうからね」

「わかりました。午後は法廷が終わったら三時半からこちらで離婚相談です」

「ん、わかってる」

先生は鞄を開いて中身を確認した。分厚い鞄の底には、いつも持ち歩いている六法全書がのぞいている。先生は立ち上がると、もう一度腕時計に目をやった。

「さっきの話、帰ったらゆっくりとね」

私がうなずくと、先生は「行ってくる」と言ってドアを開けた。

一人になった事務所で私は首をひねった。先生はいったい何を言いかけたのだろうか。

気にはなったものの、考えてもらちが明かない。私が空になった先生のカップを片づけようとすると、ちょうど電話が鳴った。急いで駆け寄り、受話器を取る。それを皮切に立て続けに電話が鳴り、いつものように仕事の波にのみ込まれていった。

先生から連絡が入ったのは午前十一時を回った頃だった。どうやら遺言書の相談が予定よりもずいぶん長引いたようだ。

「参ったよ。本人から聞いていたより相続財産が多そうでね。家庭内も複雑なようだし、慎重に進めなきゃならないよ」

先生の声には疲労が滲んでいた。

「お疲れさまでした」

「悪いけど、税理士の福井《ふくい》先生に連絡して、来週、二時間ほど時間をもらってほしい。俺のスケジュールと合わせて君が調整してくれ」

「わかりました」

「それから、急な依頼が入って、今から本人と会うことになった。その後、弁護士会に寄って、裁判所には直接行くことになるから、悪いけど先に資料を届けてほしい。俺のデスクにもう準備してあるから。グレーのファイルだ」

「わかりました」

「じゃあ、よろしく」

「あ、先生……」

「ん？　どうした？」

「あっ、いえ、何でもありません。お疲れさまです……」

「……何かあったら連絡してくれ」

「はい。わかりました」

私は先生が電話を切るのを確認して受話器を置いた。ちゃんと昼食は食べてくださいねと、添えようと思ったが、そんなことを言えるスケジュールではなかった。

私はため息をつきながら先生に言われたとおり、まずは税理士に連絡することにした。スケジュール表を開き、福井先生と日程を調整する。遺言書や相続の相談では、相続税対策を講じるためによくあることだった。私は調整した日程を先生にメールで報告すると、裁判所へ出掛ける準備を始めた。

裁判所へ出掛ける間、一時的に事務所は無人になってしまう。もちろん、施錠して行くのだが、その間に来客があった場合、門前払いしたのと同じことになってしまう。こんな時、増員の必要性を痛感する。私は、今日再度先生に話そうと強く思った。

そんな事を考えていると、突然、ドアがノックされた。裁判所に資料を届けに出発しなければならない時間だが、相談に来たお客さまなら連絡先くらいは聞いておく必要がある。

「どうぞ……」

ドアを開けると、水色のストライプのシャツと紺色のネクタイが目に飛び込んできた。

私はまるでスローモーションのようにネクタイの結び目から視線を上げた。

見上げるほどの長身……。シャープな顎、整った鼻筋、曇りのない細い黒縁眼鏡……。

そして、その奥の瞳が遠慮がちだが、親しみをもって笑ったように見えた。

「あの……ご相談でしょうか？」

たどたどしい応対になってしまったのは、スーツにビジネスバッグを手にした彼の出で立ちが、相談者というよりも営業マンのように思えたからだった。

「いえ、相談ではありません」

相手が予想どおりの返事をしたので私は身構えた。経済新聞の売り込みか、タウン誌への広告掲載の依頼だろうか。そういう場合は話を始める前に追い返すのが鉄則だ。

「申し訳ありませんが、今から外出しなければならないのであまり時間がないんです」

実際のところ、裁判所に遅れるわけにはいかないので、時間が心配になってきた。相手が引き下がるのを待っていると、彼は引き返すどころか、ドアをさらに押し開いて室内に足を踏み入れた。

「あの、ですから……」

「先生から聞いています。ここは僕が留守番してますから早く行ってください」

慌てる私をよそに、彼は涼しい顔で言い、ドアを開けたまま私を外へ出るよう促した。

「えっ？」

開いた口が塞がらないどころか、瞬きするのも忘れて目を見開いてしまった。

「先生……というのは坂上先生のことでしょうか？」

「はい」

「私が出掛けることを坂上先生から聞いているってことでしょうか？」

「はい、そうです」

「そして……留守番を頼まれたってことですか？」

「はい、そういうことです」

「先生の……お知り合いということですか？」

「はい、まあ、そういうことです」

頭の中を整理するつもりが、混乱の一途を辿る。すると、その時、事務所の電話が鳴った。

「あの、ちょっとすみません」私は彼に背を向けて電話に駆け寄った。

「はい、坂上法律事務所……」

私が最後まで言い終わらないうちに電話の相手が笑った。

「先生……」

　電話の相手は他ならぬ坂上先生だった。

「そろそろ、着いた頃かな？」

「着いた頃って……」

　私は受話器を耳に当てたまま、ドア付近に佇《たたず》む彼を振り返った。先生は私のその姿をどこからか見ているかのように再び笑った。

「来てるみたいだね。紹介するよ。今日からうちで働く平岡彰《ひらおかあきら》君だよ」

　私は黒目を忙《せわ》しなく動かしながら、先ほどとは打って変わって高速で瞬きを繰り返す。先生に尋ねたいことはたくさんあるのに言葉が出てこない。

「えっと……」

　やっと言葉を発した時には、「じゃあ、よろしく」と、一方的に電話を切られてしまった。私は受話器を手にしたまま彼に顔を向けた。眼鏡の奥の瞳が穏やかな笑みをたたえている。

「今の電話、坂上先生からですか？」

「……はい」

「もしかして、今、初めてお聞きになったとか？」

「……はい」

「先生も人が悪いなぁ。それじゃあ、霧島さんが驚くのも無理ないですよね」

彼は自己紹介もしていない私の名前を自然と口にした。それとは逆に私はといえば、つい今しがた先生から聞いた彼の名前を一瞬にして忘れてしまった。普段、お客さまの名前には気を遣っているはずなのに、どうしても思い出せない。

「平岡彰です。今日からよろしくお願いします」

彼は私の様子を見透かしたのか、改めて自己紹介すると、眼鏡の奥で目を細めた。

「……よろしくお願いします」

事情を完全にのみ込めないままとりあえず挨拶すると、彼が腕時計に目をやった。

「時間。裁判所に行く時間、大丈夫ですか？」

「あっ」

私は振り返って壁掛け時計を見た。

「行かないと」

慌てて席に戻り、バッグの紐を肩に掛ける。そして、彼の前まで行くと、先ほどと同様にのけ反るようにして彼を見上げた。

「じゃあ、あの……お願いしてもよろしいでしょうか？」

「はい、大丈夫です」

私の不安をよそに彼は力強くうなずいた。

「じゃあ……行ってきます」

私はぎこちなく頭を下げて事務所を出ると、先生から頼まれた書類とともに、大きな不安を抱えて裁判所へと急いだ。


「霧島君！」

裁判所に着くと、坂上先生が先に到着していた。私は先生を見つけて駆け寄った。

「遅くなってすみません」

「いや、大丈夫。十分間に合うよ」

先生は腕時計を見て微笑んだ。私はバッグから急いで書類を取り出して先生に渡した。

「平岡くんはどうだった？」

先生は書類を脇に抱えると、私の表情をうかがうように顔をのぞき込んだ。

「どうだったって言われても……」

私は言葉に詰まった。本当に答えようがなかったからだ。

「驚いたって言うしか……」

「ごめん。ごめん」

先生は不思議と悪びれた様子もなく、むしろ私の反応を楽しんでいるようにさえ見えた。

「先生、あの方は……」

　私が彼のことを聞こうとすると、先生はもう一度腕時計を確認し、脇に抱えていた書類を手に持ち直した。

「ごめん、また先延ばしで悪いけど、続きは帰ってから。君が言うとおり、俺も誰かに頼らないとそろそろ倒れそうだから」

　冗談めかして言いながら、先生は身体の向きを変える間際に、何かを思いついたように私を振り返った。

「君は早く帰って、二人でじっくり自己紹介でもするといい」

　先生は笑顔を残して奥の控室へと行ってしまった。

「じっくり自己紹介って……お見合いじゃないんですから……」

　私は独り言を言いながらも、事務所が心配になって足早に引き返すことにした。

　戻る途中、気になって事務所に電話を入れた。彼がどんな風に電話に出るのか少し楽しみにしながらスマホを耳に当てると、一度のコール音で繋がり、男性の明るい声が耳に届いた。

「はい、坂上法律事務所の平岡です」

　今日が初日とは思えない落ち着きぶりで、まったく違和感がないことを意外に思った。

「あ、あの、お疲れさまです。霧島です」

なぜかこちらのほうが口ごもってしまう。

「ああ、霧島さん。お疲れさまです。書類は渡せましたか?」

「はい、大丈夫です。そちらは大丈夫ですか?」

私は自分の無事を報告してから彼に尋ねたが、余計なことを聞いてしまったと思った。私が心配などしなくても、彼の声色からは何の不安も心配も感じ取れなかったからだ。どんな人かはまだよくわからないが、先生の人を見る目は疑いようがなかった。

少し安心すると、急に空腹感が押し寄せてきた。

「……平岡さん、お昼はまだですよね?」

「はい、まだです」

私は彼の名前を確かめるようにゆっくりと尋ねた。

「よかったら、平岡さんのぶんも買って帰りますけど。あ、パンなんですけどいいですか?」

「ありがとうございます。好き嫌いもアレルギーもないので何でも大丈夫です。霧島さんのおすすめでお願いします」

「わかりました」

帰り道、私は彼の返事を受けて、どんなパンを買うかで頭がいっぱいだった。坂上先生はいつも出先で食べてしまうので、先生にパンを買って帰ることは少ない。私はしばらく彼氏もいないうえに一人暮らしなので、男性の好みなど見当もつかなかった。

　結局、迷ったまま店に到着してしまった。

「いらっしゃませ」

「こんにちは」

　レジカウンターにいたのは宮田さんだった。お昼のピーク時のため、いつも私が来店する時間帯と違って、店内は客でいっぱいだった。制服を着た会社員やＯＬ、親子連れや主婦たちがレジに列をつくっていた。

　私もトレイとトングを手にして、いつもより窮屈《きゅうくつ》な店内を身を細くして見て回る。歯ごたえのよいウインナーを柔らかい生地でくるんだウインナーパンと、レーズンクリームを挟んだレーズンパン。自分が食べるパンはすぐに決まった。

　二つのパンをトレイに載せたまま、平岡さんにはどのパンを買っていくか悩みに悩む。行列が途切れたところで奥から橋本さんがフロアにやって来た。

「霧島さん、今日はずいぶん悩んでますね？」

　そう言いながら彼女は私のトレイをのぞいた。

「朝もうちのパンでしたから、お腹がすいちゃいましたか？」

「え？」

「あ、すみません。いつもお昼は二つだから、霧島さん」

「あ、そっか……」

たしかにそのとおりだった。一つでは物足りないし、三つでは食べすぎだ。しかし、たくさんの客が訪れる中、そんなことまで彼女が覚えてくれているとは思わなかった。

私はそんな彼女に親しみを持ち、今の状況を白状することにした。

「私はいつもどおり二つなんです。今日は別の従業員のぶんも買わせていただくんですけど、他人のものとなると、悩んじゃって……」

「もう一人って、霧島さんの上司の方？」

「いえ、実は今日からもう一人、一緒に働くことになったんです」

「そうなんですか」

「はい。しかも、男性なので余計に好みがわからなくって。男の人ならどんなパンがいいんでしょうか？」

私が尋ねると、彼女は「男性ですか……」と、商品棚を見回した後、私に答えるのかと思いきや、身体をひねって厨房へ顔を向けた。

「店長！」

突然のことに私は焦った。

「橋本さん!?」

彼女は私に構わず彼の反応を待っている。彼は返事の代わりに眉を上げて彼女に

「何?」と、問いかけた。そして、私の姿を確認すると会釈した。

「霧島さんが男性におすすめのパンを教えてほしいんですって」

「橋本さん！　あの、いいんです……。店長さんお忙しいのに、そんなことで……」

「いいんですって。それに、男性へのおすすめでしょ?　男性に聞くのが一番ですよ」

彼女は屈託のない笑顔を見せた。彼は私たちのやり取りを見た後で、「今日のおすすめは……」と独り言のようにつぶやいた。その間にも彼は生地をこねながら、別のスタッフに指示を出すと、片手で細長く伸ばした二本の生地をまるでロープでも扱うように素早くねじりあげてリングにした。きっと、グラニュー糖やきな粉をたっぷりとまとったリングドーナツに違いない。

私は思わず、彼の手元からいくつものパンが成形されていくのを夢中になって見つめていた。だから、彼が私に声をかけてくれたことに、初めは気づかなかったらしい。

「霧島さん?」

橋本さんに肩を叩かれ、慌てて彼の手元から視線を上げると、彼が私に顔を向けて待っていた。

「男性ならボリュームのあるものがおすすめですけど、好みもありますからね……」

好みなどわかるはずがなかった。彼は今日初めて出会ったばかりか、言葉すらろくに交わしていないのだ。

「……好き嫌いはないらしいんですけど」

私も困って目を泳がせた。

「そうですか、じゃあ……」

その間も彼は手を止めることはない。店内には他のお客さんもいるので、このままでは彼の仕事の邪魔になってしまいそうだ。

「あ、あの。店長さんの好きなパンは何ですか?」

「僕の……?」

「はい。今日はそれにさせてもらいます」

「じゃあ……カレーパン」

「わかりました。カレーパン……ですね?」

私はカレーパンを探して店内を移動した。

「ちょっと辛いんですけど、具がぎっしり入ってますし、男の人にはいいかもしれませんね。店長の一番のおすすめなんですよ」

橋本さんは私をカレーパンの位置まで案内しながら、彼の言葉を補足するように言った。そして、顔の向きを変えずに黒目だけを彼のほうへ向けると、少しだけ唇を尖らせた。

「店長ってば、最初から言えばいいのに。普段から男性にも女性にもカレーパンをおすすめしてるんですよ。うちの一番の人気商品ですから」

「そうなんですか？」

「変なの」

彼女がそうつぶやいた後、橋本さんと二人で厨房の彼を振り返ると、彼は相変わらず手を動かしながら、「よかったら、霧島さんも試してみてください」と、いつもの遠慮がちな笑顔を見せた。

「ありがとうございます。でも、すみません……。私、辛いのが苦手で……」

そう言いながら、罪悪感にも似た感情がわき上がってきて、つい口にしていた。

「その代わり、甘いのは大好きですから、今日はもう一つ、リングドーナツもいただだいていきます。きな粉のほうの」

私がその位置からリングドーナツの場所を探すと、「サンドイッチコーナーの隣です」と、彼は気を悪くした風もなく答えてくれた。

「ありがとうございます」

私は彼と橋本さんにお礼を言うと、リングドーナツと平岡さん用に隣のサンドイッチのコーナーから野菜サンドもトレイに載せた。

レジを済ませる間、私はいつもどおり厨房をのぞく。いつ見ても活気に満ちていて、次々に新しいパンが出来上がっていく。彼はもう次の作業に移っていて、パン生地を秤《はかり》で計って丸めていた。見とれてしまうほどの手際のよさだ。

「霧島さん？」

顔を向けると、宮田さんがパンを包装しながら不思議そうに私を見ていた。彼女は私の視線の先に気づいたのか、半身になって後ろを振り返った。

「もしかして、店長に見とれてました？」

彼女はいたずらっぽく笑った。

「え？　あ、えっと。そうじゃなくて……」

私は財布を開けながら言い訳を探した。そんな会話をした後なので、その間にも奥の彼と目が合うと、自分の意思とは無関係に頬が熱くなった。私は声には出さずに「いただきます」と口元を動かし、会釈すると店を出た。


ビルの階段を上りながら、店でのやり取りを振り返り、彼に初めて名前を呼んでもらったことに気がついた。と同時に、私の中に言いようのないふわりとした感覚が広がっていった。

しかし、私はすぐに平常心を取り戻した。店主が常連客の名前を覚えているのは珍しいことではない。普段から橋本さんや宮田さんが私のことを呼んでいるのだから、彼が私の名前を知っているのは当然のことだろう。

実際、彼が他の客を名前で呼ぶのを私は何度も聞いている。その時の光景を思い浮かべて私はわずかに顔を曇らせた。他の客に見せる彼の笑顔は私に向けるものよりずっと明るかったからだ。

広がった熱は急速に冷めるどころか、ずしりと重くなって沈んでいった。私は単なる客で、常連客としてもまだまだということなのかもしれなかった。

階段を上りきり、私はパンの袋を開いてのぞき込んだ。今日は彼の言葉と笑顔のせいで、余分にリングドーナツも買ってしまった。

「商売上手……」

小さなため息とともに、独り言がこぼれた。

私は事務所名の入ったドアを見つめながら、まるで別の世界に来てしまったような感覚に襲われた。しかし、実際は別世界どころかいつもの世界。つまり現実だ。

一瞬忘れそうになっていたが、この現実の世界でも、今日は頭が混乱するような出来事が起こっている。私はドアの前で深呼吸すると、意を決してドアを開けた。

「戻りました」

彼から返事がないので一瞬、不安が過《よぎ》ったが、電話中だった。彼の口調は落ち着いていて、そばで聞いていても安心できるものだった。姿の見えない相手にうなずきながら話を聞き、時折深い相づちを打つ。彼は最後に見えない相手にお辞儀をして電話を終えた。そのしぐさに、私は彼の人柄を垣間見たような気がした。

「お疲れさまです」

彼は受話器を置きながら立ち上がった。

「お疲れさまです。相談の電話ですか？」

「はい。相続の」

「最近はテレビでもよく取り上げられるせいか、多いですよね」

「そうですね」

彼は本心でうなずいているようだった。不思議なことに、先ほどの緊張を忘れてしまうほど、彼と普通に会話をしていた。

「お昼にしましょうか？」

私は声をかけ、二人分のコーヒーを淹れた。カップの一つを彼のいるデスクに運ぶ。今日からここが彼の席だ。そして、もう一つを向かいの自分のデスクへ運ぶと、パンの入った袋を開けた。

「男の人の好みがわからなくて、お店の人に聞いたんですけど……」

私が袋の中から個々に包装されたパンを取り出した。

「あ、カレーパンですか？」

「はい。あ、もしかして苦手ですか？」

　すると、彼は首を横に振りながら笑った。

「むしろ、好きです。リクエストしようか迷ったくらい」

「よかった……」

　私たちは顔を見合わせて笑った。

「私、自分から買って行くって言っておきながら、何を買えばいいのか迷っちゃって。結局、店長さんが男性なので、そのカレーパンは彼の好みを聞いて決めたんです。お店の一番人気なんですって」

「へえ。じゃあ霧島さんもよく食べるんですか？」

「いえ、私は……まったく」

「まったく？」

「辛いのが苦手で食べたのは一度きりなんです。たしかに人気がありそうだったんで前に食べてみたんですけど、私には辛くって。残さず食べはしたんですけど、最後は涙目でした」

「そんなに辛いんですか？」

　私は小さく頭を左右に振った。

「普通の方は平気なんだと思います。私が特別、辛さに弱くて。あの、食べてみてください。あの店の一番人気ですから間違いないですよ」

私はサンドイッチも袋から取り出し、彼にすすめた。

「じゃあ、いただきます」

彼はカレーパンの包装をほどいてかぶりついた。反応を見守っていると、上目遣いに私を見ながら口を動かしたまま大きくうなずいた。そして、笑顔を見せた。

「美味しいですよ、これ。これくらい辛いほうがパンチがあって美味しい。うん、旨いですよ、ホント」

彼はそう言ってもう一口カレーパンを頬張った。

「よかった、口に合って。きっと、店長さんと平岡さん、好みが似てるんですね」

すると、彼は考え込むような素振りを見せた。

「その店長さんと僕、似てますか？」

質問の意味がすぐにはのみ込めず、私は眉を上げて首をひねった。

「似てるって……外見、ですか？」

「それも含めてですけど、雰囲気とか……。すみません。ワケわかんない質問ですよね？」

「いいえ、ただ平岡さんともお会いしたばかりですし、パン屋の店長さんのこともよくは知らないんです。外見だけで言うと……似てないと思いますけど」

身近に似た人がいることのほうが珍しいだろう。

「それに平岡さんはスーツ姿、店長さんはエプロン姿なので、雰囲気もまったく違いますよ」

ただし、誠実そうで優しそうなところは、もしかしたら似ているのかもしれない。私はそう思ったが口にはしなかった。

「そうですか。すみません、変なことを聞いて」

彼が謝ったので私は頭を振った。

「平岡さんもお店、行ってみてくださいね。隣ですから。私のおすすめです」

「へえ、そうなんですね」

「はい」

私は返事をして、彼の向かいの席で自分のパンを広げた。

まずは大好きなウインナーパンにかじりつく。ウインナーとそれを包むパンの食感がたまらなかった。私が知っているパン屋の中で一番を誇る美味しさだ。ウインナーパンは子供だけの間で人気だと思われがちだがそんなことはない。大人だって大好きなのだ。

「うん、美味しい」

私は唇の端についたケチャップを指先でぬぐって、次の一口を頬張った。その時、ふと、向かいの彼と目が合った。彼は気まずそうに目をそらしながらも笑みを見せた。

「あんまり美味しそうに食べるから、つい見とれちゃいましたよ」

「見とれるって……」

　つい今しがた、まるで子供のようにパンを頬張った自分の姿を想像して赤面する。

「あまり見ないでくださいね……。女性って、食べてるところ見られるの、結構恥ずかしいんですから」

「すみません。そういうつもりじゃなかったんですけど……」

「あ、もちろんわかってます。私こそ、すみません。たぶん、見入っちゃうくらい珍しかったですよね？　いい大人が子供みたいに……」

　それが当たっていたのか、彼はクスリと笑った。

「とりあえず、食べましょうか」

　私たちは再び顔を合わせ、昼食の続きを再開した。私は少しだけ彼の正面から身体をずらすと、食べかけのウインナーパンを小さくかじった。

「あの……」

　会話が途切れたところで、私はあることを思い出して口を開いた。

　彼は二つ目のサンドイッチを手にしていた。

「なんですか？」

「坂上先生に自己紹介をしておくように言われたんですけど、私の自己紹介はまだでしたよね。今してもいいですか？　改まると恥ずかしいんですけど、しておかないと坂上先生に怒られます」

　私は彼の返事を待たずに、パンを持っていた指先をウエットティッシュで拭き、咳払いをして背筋を伸ばした。

「坂上先生の秘書をさせていただいてる霧島……」

「霧島美織さん」

　自己紹介を始めようとすると、彼が私の言葉を遮った。

「先生の弁護士秘書をして一年。年齢は……女性なので省略させていただいて、趣味は読書と食べること……でしょうか?」

　私は目を丸くした。

「あの……。あ、そのとおりなんですけど……」

「すみません。僕のほうは霧島さんのことを先生から何度も聞かされていて、だから実を言うと『初めまして』って感じはあまりしていないんです。先生の言われていたとおりの人だなぁと思って」

「先生が!?　何度もって……いったいどんなことを……。もう、恥ずかしい……」

「霧島さんが恥ずかしがることなんて一つもお聞きしてないですよ。ただ……」

「ただ?」

　恐る恐る聞き返す。彼は私の強張《こわば》った表情とは正反対に、終始笑顔のままだ。

「先生の見る目はやっぱり確かだなと思いました」

「先生の目？　まあ、それは私もそう思いますけど……」

「ですよね？　じゃあ、改めて。僕は平岡彰。二十八歳です。弁護士としてはまったくの未熟者ですが、先生のもとで少しでもお役に立てるように働かせていただくつもりですし、勉強もさせていただくつもりです。よろしくお願いします」

彼の清々しい自己紹介に、こちらまで背筋が伸びる思いだった。

「こ、こちらこそよろしくお願いします」

私も彼と同じように頭を下げた。その後は自己紹介の延長のようなもので、お互いにあたりさわりのない会話を続けた。彼は二十八歳、私より二歳年上で、お兄さんが一人の二人兄弟。趣味は読書と食べること……らしい。

「だから、先生から霧島さんの趣味をお聞きした時にはちょっと驚きましたよ」

「趣味……私と同じですね」

「はい。本はいつも二、三冊持ち歩いてます。どんなことでも知識として蓄えることは人生の糧になるような気がして。いつどこでどんな知識が役立つかわかりませんから」

細い黒縁眼鏡の彼が言うと、説得力が増した。

「勉強熱心なんですね」

「そんなことありません。食べることも好きです。美味しい店の発掘って言うんでしょうか。そういうお店を探すのが好きなんです」

「楽しそうですね」

「はい。おすすめの穴場的な店も見つけましたよ。そうだ、霧島さんには今度特別に教えてあげますすね」

「あ、はい、ありがとうございます」

返事に戸惑ったのは『教えてくれる』という意味をどうとらえればいいのか一瞬悩んでしまったからだ。私は一般的な意味で理解することにした。女同士の間でも「あの店が美味しかったよ」という情報交換は日常的に行われている。私の解釈は正しかったらしく、話はそこで終わり、それ以上進展することはなかった。彼がサンドイッチを口に運ぶのを見て、自分も二つ目のパンを食べることにした。

最初にトレイに乗せたレーズンクリームサンドと後から勢いで買ったリングドーナツを交互に見つめて少し悩む。その結果、私はフワフワの輪にかぶりついた。もっちりとした食感とたっぷりのきな粉の甘さ。唇の周りについたきな粉を舐めるとさらに甘みが増した。

私はすでにリングではなくなったツイストを見つめた。これも、彼が作ったものだろうか。身体が覚えきったリズミカルな彼の手つき。その後に見える彼の笑顔。私はそれらを思い出し、ぼんやりと手を止めた。

「霧島さん？」

「……え？」

「そのパン……どうかしたんですか？」

顔を上げると、彼が心配そうに私の顔をのぞき込んでいる。

「いえ、何でもないんです」

私は笑顔をつくり、ドーナツの残りを口に運んだ。

「美味しい」

私が少し大袈裟にそう言うと、彼は「……それならいいんですけど」と小さく笑った。

昼食を終えると、私たちはそれぞれの仕事に取りかかった。

彼には坂上先生から直接指示があったのだろう。デスクの上に資料を広げてどこかへ電話をかけ始めた。

今日が初出勤と言っても、私は彼に仕事を教える立場にはないので、自分の仕事を進めることにした。今日中に仕上げなければならない書類がいくつかあるのだ。私は午前中にやりかけたデータを開いた。

一人じゃない事務所はいつもと少し勝手が違った。

「ここは……こうでいいのかな……」

「……どうかしましたか？」

私は驚いて椅子から立ち上がりそうになった。いつもの独り言のつもりが返事が返ってきたからだ。

「すみません。独り言がクセになっていて……」

私は恥ずかしくて、苦笑いしながら言い訳した。

「それはかまいませんけど。僕でわかるところでしたらお答えできると思うんで、遠慮なく聞いてください」

彼は私の独り言を笑いもせずに真剣な表情で言った。

「じゃあ、一つお聞きしてもいいですか？」

私が視線をパソコンの画面にやると、彼は「もちろん。ただ、僕にわかるといいんですけど……」と言いながら私の席まで移動した。

「申述書のこの欄なんですけど……」

私はパソコンの画面を指差して彼に尋ねた。

「相続放棄だね」

彼が画面に顔を近づけるとともに、私と彼の顔の距離も急接近する。少し緊張しながらも、私はそのままの体勢を保った。

「この場合、申述人は未成年者になるから、親権者が法定代理人になりますね。だから、ここがお子さんの名前でその下が母親の名前になります。うん、これで大丈夫ですよ」

彼は私の真横から笑顔を浴びせた。

「……ありがとうございます」

私は思わず自分の顔を隠すように、片手で頬を覆った。

「後は大丈夫？」

「はい、大丈夫です」

「僕でよかったらいつでも声をかけてください。坂上先生のように頼りにはならないかもしれませんけど」

彼は眼鏡の奥で微笑むと、背を向けた。

「あの……平岡さん」私は席に戻ろうとする彼を呼び止めた。

「平岡さんも弁護士ですし、平岡先生とお呼びしたほうがいいんでしょうか？」

すると、彼は唇の端を少しだけ上げて苦笑いを浮かべた。

「よしてくださいよ、そんな堅苦しい呼び方。それに僕はまだイソ弁止まりの修業の身ですから」

〝イソ弁〟というのは、いわゆる居候弁護士のことで、仕事を覚えるために法律事務所に雇われて働く新米弁護士のことだ。それに対して、坂上先生のように独立して他の弁護士を雇い、事務所の経営者となる弁護士を〝ボス弁〟という。つまり、イソ弁は独立前の下積み弁護士と言ってもいいのかもしれない。

「私にとっては平岡さんもれっきとした先生なんですけど、そうおっしゃるならこのまま呼ばせていただきますね」

私が微笑むと、彼は「それでお願いします」と笑みを返した。

その後も私は彼の言葉に甘えて、時折、彼に質問した。今までは坂上先生が戻るのを待って、まとめて聞いていたところが、彼のおかげで仕事が滞らずに進んでいく。逆にその間、彼の手を止めてしまうことになるのだが、彼は少しも嫌がらずに丁寧に教えてくれた。

「何度もすみません」

「そんなこと気にしないで。僕が来た意義があったって気がしてるんですから」

「平岡さんが来た……意義……？」

「霧島さんはずいぶん坂上先生の身体を心配していたようだけど、あ、これも先生から聞いたんですけどね。でも、先生も霧島さんのことをすごく心配していましたよ」

「私の？」私は首を傾げた。

「心配されることなんて、思い当たらないんですけど」

「普段外出が多くて事務所を霧島さん一人に任せっぱなしだから、能力はあるのに仕事を教えてあげられないって」

私は何も言わずに彼を見返した。先生がそんなことを思っていたなんて、気づきもしなかった。

「本当はもっと付きっきりで、いろんなことを教えてあげたいっていうのが先生の思いのようですよ。だから、僕が来たら、霧島さんにいろんなことを教えてやってほしいっておっしゃってましたから」

「そうなんですか……」

私はそれ以上言葉が続かなかった。私は先生のために人を雇ってほしいとお願いしたのだ。先生もそうしないとねと笑っていたのに、それが私のためだったなんて……。

彼は私の様子に何かを悟ったのか、「本当に……器の大きな方ですよね」と微笑んだ。

私は無言のまま大きくうなずいた。

そうこうするうちに、時計の針は午後二時五十分を指していた。遅い昼食の後、短時間でずいぶん仕事がはかどったことを実感しながら、私は先生の戻りの時間が気になり始めていた。三時から離婚相談の予定が入っていたからだ。そろそろ依頼人が到着してもいい時間だった。

作成し終えた資料をプリントアウトしていると、事務所のドアがノックされた。

「どうぞ」

返事をして先にドアに歩み寄ったのは平岡さんだった。

「三時から予約させていただいている横山《よこやま》と申します」

事務所に足を踏み入れたのは六十代の細身の女性で、数日前に私が電話を受けた相談者だった。服装は地味だがそれ以上に表情が暗い。

「どうぞ、おかけになってください」

私も印刷物をデスクに置くと、駆け寄るように彼女の元に急ぎ、応接席に案内した。彼女がソファにかける間に、私は平岡さんと顔を見合わせてうなずき合った。坂上先生が戻るまで、彼に対応を任せることになった。

「今、お茶をご用意しますね」

私は硬い表情のままの彼女に声をかけて、いったん席を離れた。その間に平岡さんが自己紹介を始め、相談が始まった。

私は最初緑茶の茶筒を手にしたが、蓋を開ける前にアッサムティーの茶葉の缶と取り換えた。そして砂糖を少しだけ足してお出ししたところで、スマホのバイブ音が聞こえてきた。坂上先生からの着信だった。

「悪い。少し遅れてるけど問題ないかな？」

「はい、お客さまはお見えになってますけど、平岡さんが対応してくださってます」

「それはよかった」

坂上先生はたいして心配していたわけでもなかったのか、焦る様子もなく落ち着いていた。私の報告を聞いて、それまで以上に明るい声で言った。

「いつもどおり、君も同席してほしい。いいね？」

「はい、わかりました」

私は小声で電話を済ますと、手帳とボールペンを手に、二人のいる応接席へ向かった。

先生の言う〝いつもどおり〟とは、離婚相談に来たお客さまが女性である場合のことだった。もちろん、ご夫婦で来所した場合も同様で、やはり女性の相談者は女性相手のほうが話しやすいであろうという配慮からだった。

案の定、私が平岡さんの隣に座ると、彼女は斜め向かいの私のほうへ視線を移した。彼もそれに気づいたようだが、予想していたことだったらしい。気分を害するような様子も見せず、逆に安堵したようだった。

「結婚してからずっと人格を否定されてきたんです」

彼女の話はそんな言葉から始まった。平岡さんは彼女の反応に注意しながら質問を続け、彼女はその答えを一つずつ私に向かって答えた。

「今までずっと我慢してきたんですが、夫の定年を機にもういいかなって思ったんです。子供も巣立ちましたし、残りの人生を自分のために生きてみたいんです」

彼女はこのセリフを言う時だけは、背筋を伸ばし、私と彼を交互に見ながらはっきりと話した。彼女が今、一番主張したいことがこれなのだ。

ひととおり聞き取りが終わって一段落すると、彼女は冷めた紅茶に手を伸ばして言った。

「いやね。こんなにも若い方に恥をさらすことになるなんて……。わかっているんです。あなたも私のわがままだと思うでしょう?」

〝あなた〟とは、私のことだった。

「いえ、そのようなことは思っていませんし、恥だとも思いません。お話ししてくださってうれしいです」

私がゆっくりと言葉を選びながら伝えると、横から平岡さんも付け加えた。

「僕のような若輩者で頼りないかもしれませんが、精一杯お力になれるようにやらせていただきますし、ちゃんと頼りになるベテラン弁護士もおりますのでご安心ください」

彼女は彼の言葉を聞いて、ずっと硬かった表情を初めて緩ませた。

「ありがとうございます。先生にお任せします」

彼女はテーブルの端に置かれた平岡さんの名刺を確認しながら頭を下げた。

「では、これからよろしくお願いいたします」

平岡さんが頭を下げたので、私もその横でお辞儀をした。

彼女は私たちに心を開いてくれたのか、自ら話を続けた。

「あなたたちは……ご夫婦?」

「え?」

彼女の質問に私たちは言葉を失った。

「い、いえ、違います。二人とも独身で、夫婦どころか今日初めて会ったんですよ」

「ええ？」

今度は彼女が驚く番だった。

「そうですか。息も合っててお似合いだからつい……。でも、よっぽど相性がいいのね」

「そうでしょうか？」

再び言葉を失う私とは逆に、彼は身を乗り出して聞き返した。

「そう思いますよ」

彼女はそう言って微笑むと、つぶやくように続けた。

「でもよかった……。もし、あなたたちがご夫婦だったら、私のことなんか話すの、本当に申し訳ないから」

彼女の言葉に私たちは伏目がちに顔を見合わせた。平岡さんは私に一度視線を投げてから、彼女に視線を戻して微笑んだ。

「もしも僕たちが夫婦だったとしても、変わらずに横山さんの話をお聞きしましたよ。人がそれぞれであるように夫婦もそれぞれでしょうから」

彼の言葉に心から安堵したのだろう。彼女の肩から力が抜けるのがわかった。

「今日は来て本当によかった。まだ結婚の経験もない若いお二人に勇気をもらえたから」

彼女はそう言うと、紅茶を飲み干し「美味しかった」と言って立ち上がった。そして、最後にもう一度「よろしくお願いします」と頭を下げ、清々しい表情で立ち上がった。

彼女を送り出すと、私は大きな息を吐きながら再びソファに戻って座り込んだ。

「疲れましたか？」

私の顔を遠慮がちにのぞき、彼は開いていた自分の手帳を閉じた。

「あ、いえ……大丈夫です」

私はそう答えると、テーブルの上のカップを重ねて立ち上がった。流しでカップを洗い始めると、水音で消えていた彼の気配が突然背後から現れた。

「お茶、淹れ直しましょうか？」

平岡さんが急須を取り出したので、私は慌てて手の泡を洗い流した。

「私が淹れますから、平岡さんは仕事に戻ってください」

「いいですよ。霧島さんは洗い物を終わらせてください」

「私が淹れますって」

「いいから」

彼は私の肩にそっと触れ、私の身体を流しの正面に向かわせた。

「すみません、すぐに洗っちゃいますから」

急いでカップを洗い終え、彼と交代しようとすると、彼は「いいから僕にやらせてください」と、急須にお茶の葉を入れた。見れば湯呑みで湯冷ましまでしているではないか。

「平岡さん、普段、お茶を淹れたりなさるんですか?」

「僕は結構こだわりますよ」

彼は得意げな表情で作業の続きを始めた。彼のお茶へのこだわりが気になった私は席には戻らず、彼の傍らにいた。すると、彼は手を動かしながら話し始めた。

「今は少しくらい家庭的な男のほうがモテたりするんじゃないですか?」

「まあ……そうかもしれませんね」

私が言うと、彼は湯冷まししたお湯を急須に入れて蓋をした。

「やっぱり、霧島さんも嫌になったりしますか?」

「何が……ですか?」

「結婚ですよ」

突然の彼からの質問に私はきょとんとした。

「え?」

「さっきの相談者も言ってたでしょう? まだ結婚もしてないうちから離婚の話ばかり聞いてるから、この業界って、そういう人多いらしいですよ」

「あ、ああ……」

私は曖昧に返事をした。肯定も否定もできないからだ。

「……嫌にはならないですけど、そんなに強い願望もないかもしれません」

「したくないんですか？」

「いえ、そうじゃないんですけど、いつかはできたらな……とは思います」

今までいろいろな相談者を見てきたが、そのたびに、もしかしたら結婚などしないほうが楽なのかもしれないと思ったのは事実だった。

けれど、やはり憧れはある。二十六歳ともなると、周りにもいろいろ動きが出てきて、それに影響されないわけはなかった。三カ月後には中学時代からの友人の結婚式に出席する予定もある。

「よかった……」

どうやら彼は私の言葉を肯定的にとらえてしまったらしい。

私は彼の解釈を否定するつもりはなかったが、補足するように付け足した。

「でも、結婚って、憧れだけじゃできないんだな……って思います。現実的な問題がたくさんありますから」

彼は「そうですね」と噛みしめるように返事をした。

「平岡さんはどうなんですか？」

弁護士として働き始めてほんの数年。仕事が楽しくてまだまだ結婚なんて考えてもいないだろう。そう思いながら尋ねた。

「僕もしたいですよ。実はこう見えて結婚願望は強いほうなんです」

「そうなんですか?」

「意外ですか?」

「はい。お仕事もこれからって感じですし……」

「もちろんこれからバリバリやりたいと思ってますよ。それで将来は……」

彼が言いかけたところで事務所のドアが開いた。坂上先生だった。

「ただいま。お客さんは?」

先生はそう言って部屋の中を見渡しながらも、慌てている様子はなかった。

「少し前に帰られました。平岡さんが対応してくださって、安心されたのか、正式にご依頼をいただきました」

「それはよかった。初日から期待どおりだね」

「いえ、霧島さんのフォローがなかったらどうなっていたかわかりません。彼女の自然なフォローは先生からお聞きしていたとおりでしたよ」

先生と平岡さんが同時に私を見たので、私は首と手を同時に振って否定した。

「いえ、私なんて何も。とりあえず、お客さまが来た時よりも表情が和らいでお帰りになられたのでホッとしました」

するると、今度は坂上先生は私たちを交互に見て、「いいコンビになりそうじゃないか」と大きくうなずいた。

先生は鞄から資料を取り出しながら、「自己紹介はもう済んだかな？」と続けた。

「はい。霧島さんは先生のおっしゃっていたとおりの方で、これから一緒に働けるのが楽しみです」

「……あ、先生！　平岡さんに私のこと何て話してたんですか？　変なこと言ってないですよね？」

私は先生を上目遣いに小さく睨《にら》んだ。先生は「有能な秘書がいるって話しただけだよ」と笑った。

「ホントですか？」

「本当だよ。ね？　平岡君」

「はい。そのとおりです」

平岡さんは先生の問いに即答した。私は笑いを含んだ彼の表情に、先生に向けたのと同じ疑いの目を向けた。彼はそれに気づくといたずらをした後の子供のように、小さく舌を出した。どうやら彼にはこんな一面もあるらしい。

「それならいいんですけど……」

私は二人の策略に陥れられたような気がしたが、先生のコーヒーを淹れに、気を取り直して流しに戻った。

平岡さんの初出社の日は、思いのほかあっという間に過ぎてしまった。

彼は不思議な人だった。今日初めて会ったはずなのに、何年も一緒にやってきたように気軽に頼れてしまう。彼はこの仕事に向いていると思った。依頼人も彼にならら心を開きやすいだろう。

その日の夕方六時半を回った頃、先生と平岡さんはこれから打ち合わせをするというので、私は一足先に帰らせてもらうことになった。

いつもどおり、パン屋の脇の細い路地に滑り込む。路地に入る間際にガラス越しに店内をのぞくと、数人の人影が見えたが、顔まではわからなかった。けれど、たぶん店長さんはいるはずだ。彼が帰宅するのは今日も遅いのだろうか。

路地を抜け、裏口の前を通り過ぎた直後に、背中でドアの開く音がした。驚いて振り向くと、裏口から出てきたのは橋本さんだった。

「霧島さん！」

一瞬、緊張で力の入った肩がゆっくりと落ちる。

「お帰りですか？」

　そう私が言ったのと同時に、「橋本さん」と、閉まりかけたドアから彼女を呼ぶ声が聞こえた。橋本さんの背後に目を移すと、こちらに顔を向ける店長さんの姿があった。すぐに彼も私の存在に気づき、深めに被ったワークキャップのつばを片手で少し上げた。

「あ……」

　目が合い、私はとっさに「お疲れさまです」とお辞儀をした。すると彼も、「お疲れさまです」とキャップのつばをさらに上げた。

「今帰りですか？」

「はい。店長さんはまだ？」

「もう少し試作と片づけをやってから帰ります」

「試作……ですか？」

「はい。新しいメニューを思いついたんで」

　すると、そこで橋本さんが口を挟んだ。

「新しいメニューって何ですか？」

「まだ思いついただけだから、カタチになってきたら教えるよ」

「へー、楽しみ。私に一番に教えてくださいよ」

「わかった」彼はキャップのつばを元に戻した。

「霧島さんも、楽しみにしててくださいね」

ぼんやりと二人のやり取りを見ていた私は、突然彼から言葉を投げられ、返事が遅れてしまった。すると、私より先に彼女が口を開いた。

「そうですよね。常連の霧島さんにはぜひお試しいただかないと。ね、店長」

「まあ……ね」

「うれしい。常連の特権ですか？」私もやっと会話に加わる。

「そうですよ。特権です、常連さまの。だって霧島さん、ほとんど毎日来てくれるじゃないですか。うちの店の一番の常連さまかもしれないですよ」

彼女は大袈裟に力説してくれた。たしかに常連には違いなかった。

「じゃあ、楽しみにしてますね」

私が彼に言うと、彼は「ご期待に添えるように頑張ります」と、大きくうなずいた。

「それはそうと……店長、私に何か用があったんじゃないんですか？」

彼女の言葉で、私たちの重なった視線は彼女のほうへ流れた。

「あ、ああ……。明日は朝早いけどよろしくって、言おうと思って」

「そんなの慣れてるから平気ですよ。どうしたんですか？　急に。もしかして、私が先に帰るから寂しくなったとか？」

「違うよ。引き止めてごめん。霧島さんもすみませんでした。じゃあ、また」

「はい、失礼します」

私はそう言ったにもかかわらず、彼が裏口のドアノブに手をかけると呼び止めた。

「店長さん」

「はい？」

一度背を向けかけた身体を、彼はゆっくりと戻した。

「今日のカレーパン、うちの新しい従業員が美味しいって言ってましたよ。あの辛さとボリュームで食べごたえがあったみたいです」

「……そうですか。それはよかったです。ありがとうございました」

「こちらこそありがとうございました。じゃあ……」

私が頭を下げると彼は店の中に戻っていった。

彼が店内に入ったのを見届けると、橋本さんと私は一緒に歩き出した。どうやら帰る方角が同じようだ。

「明日は朝早いんですか？」

「はい。早出のパートさんが急に来られなくなっちゃって、その代わりなんです。だから、今日は早く寝なきゃって感じです」

「大変なんですね……」

「そうですね。朝が苦手だから早出は結構辛いんですけど、まあ仕方ないです。あ、店長に明日モーニングコールでもしてもらおうかな……」

彼女はいたずらっぽく笑ったが、あながち冗談でもなさそうな雰囲気だった。

「明日は店長さんもご一緒なんですか？」

「そうなんですよ。しかも早出は二人。開店までにはもう一人増えるんですけどね。それまでは二人で黙々と準備ですよ」

彼女はそこでため息を交ぜたが、その表情は笑顔だった。早出が嫌いなわけではなさそうだった。

彼女とはそのままその先の交差点まで一緒に歩き、そこで別れた。

おそらく彼女は、彼のことが好きなのだろう。あまりこういう勘は鋭いほうではないと思うが、そんな私でも気がついてしまうほどわかりやすかった。

舞台はパン屋ではあるけれど、いわゆる社内恋愛だ。同じ職場にいるならば、一日、二十四時間うち、下手をすれば自分の家族よりも一緒に過ごしている時間が長くなるのだ。まして、彼のように優しそうな人だったら……。

私は立ち止まって頭を振った。そうやって邪念を振り払ったつもりだったが、先ほどの会話で見せた二人の笑顔がまぶたの裏にチラついた。明日の朝は店長さんと彼女が二人で早出だと言っていた。早朝からどんな作業をするのだろう……。

「早く帰ろ……」

私はたった今思い出したその笑顔を、その場に置き去りにするかのように、足早に歩き出した。

　翌朝、目覚めはよくなかった。眠りが浅かったのかもしれない。起きてから数分後にスマホのアラーム音が鳴り出した。私はすっきりしない頭で、眩しい液晶画面から目を背けながらアラームの音を止めた。

　カーテンの隙間からは、朝日がかすかにこぼれていた。私はその光にすがるようにカーテンを開けた。夕べの天気予報では今日は晴れのはずだが、朝の空は曇っているのかまだ白く、青空はのぞいていなかった。

　アラームをセットした時間は六時半。私は何もない空を見つめながら思っていた。彼がパン屋に着いた頃の空は何色だったのだろう。私の知らない空の色を、彼はいつも彼女と見ているのだろうか。そう思うと、少し複雑な気持ちだった。深呼吸にも似たため息をつくと、私はベッドから出て朝の支度を始め、いつもより少しだけ早く仕事に向かった。

　事務所に着くと、すでに坂上先生と平岡さんの姿があった。

　最初に挨拶をしてくれたのは平岡さんだった。坂上先生は彼が挨拶するのを待って笑いながら言った。

「どうした？　今日は早いな。髪の毛のぶん、短縮したのか？」

「これは違います。まとめたほうが仕事がしやすかったんで、今日もそうしただけです」

私は後ろで一つにまとめた髪の毛先を掴《つか》むと思い切り主張した。平岡さんがポカンとしているのを見て、坂上先生が説明を加えた。

「今まではずっと髪を下ろしていたんだよ。昨日はたまたま寝坊したから、こうやって髪の毛をまとめてきたんだよ。な？」

「先生、それは言わなくてもいいじゃないですか」

私はバッグからスマホや手帳を取り出しながら口を尖らせた。

「へえ。そうなんですか。霧島さん、普段は下ろしてるんですね」

「さては何か心境の変化でもあったのかな？　女性は気分で髪型を変えるって言うから」

「あ、それ、よく言いますよね」

二人は私をそっちのけで、勝手に盛り上がっている。

「ち、違いますよ」

私は話に割り込んで否定した。でも、坂上先生は本当？　というように、私に向かって眉を上げた。

私は「別に……意味なんてありませんよ……」とつぶやきながら、お茶を淹れに流しに向かった。

お茶をデスクに運ぶと、ミーティングが始まった。今日の予定と仕事内容を確認する。坂上先生は朝から一日中外出になることも珍しくはないので、私への指示は基本的に朝一番に済ませておくことになっていた。

私のデスクの連絡棚には、本日中に処理すべき案件ファイルが置かれる。各ファイルには、作成する資料などの指示が記されたメモが添付されている。私は棚を埋め尽くしそうなファイル数に驚きながら、顔には出さないように気をつけた。

「霧島君、ちょっとスケジュールを組み直してほしい」

ひととおり私と平岡さんに指示をすると、坂上先生はもう別の話を始めた。私は返事をしながらパソコンでスケジュール表を確認し、変更を入力すると関係者に連絡を入れた。その間にも先生の携帯には数件の着信があり、修正途中のスケジュール表を見ながら、先生はさらに過密なスケジュールを組み立てているようだった。

三人が事務所に揃っていたのは、朝の一時間ほどだけだった。坂上先生は打ち合わせの後、書類を確認し、何本か電話をかけた後、外出した。

二人になった私たちは各々の仕事を進めた。一人でいた時とは違い、電話に出るのに数秒遅れることがわかった。一人の時は飛びつくように受話器を取っていたが、今は平岡さんがいるので一瞬、様子をうかがってしまう。けれど、本来は電話応対は私の仕事だ。気を引き締めて、たった今鳴り出した電話に出た。

「はい。坂上法律……」

「人様から金を借りといて、返さなくていいわけねーよな?」

電話の相手は私が名乗る前に突如声を張り上げた。

「お宅らみたいなのがいるからこっちはいい迷惑なんだよ」

相手は悪質な金融業者のようだ。債務整理の案件で、一定の手続きを踏んで金融業者に通知を送ると、その業者は債務者に対して取り立てができなくなるのだ。もちろん、債務者はその間、返済をしなくてもよい状態になる。その当てつけに、こうした電話がかかってくることは珍しくなかった。

しかし、何度受けても慣れるものではなかった。

「恐れ入りますが……」

私が説明をしようとすると、しゃべらせまいと相手が息巻く。

「だったら、お宅が返してくれよ。今から行くから待ってろよ」

お決まりのセリフだとわかっていても背中に冷たいものが走る。それに怯《ひる》むまいと口を開こうとすると、突如私の手から受話器が奪い取られた。

「では、お待ちしています。そちらも覚悟のうえでお願いします。では」

平岡さんは顔色一つ変えずに言い放つと、私から奪った受話器を置いた。

「大丈夫ですか？」

彼は私の顔色をうかがった。

「あ、はい……。すみません。割り切ってるつもりなんですけど、いつまでたってもこれだけは慣れなくて……」

実際に、もしも今、私が事務所に一人きりならば、電話を終えた途端、ドアに駆け寄って鍵を閉めていただろう。今までずっとそうしてきたのだ。頭ではわかっていても怖いものは怖い。

「これからはこういう類《たぐ》いの電話はすぐに僕に代わってください」

「ありがとうございます……」

私は返事をしながらうなずき、無意識に力の入った肩を上げ下げしてほぐした。


平岡さんが事務所に来てから一カ月が経とうとしていた。平岡さんは業務に慣れてくると、外回りや法廷に出向くことも多くなった。けれど、事務所にいる間はいつも私のことを気にかけてくれていた。坂上先生も彼のことは一目置いているようで、その仕事ぶりには大いに満足していた。

そんなある日、お昼になり、私はいつものように隣のパン屋さんにいた。

「いらっしゃいませ」

店内に広がる小麦とバターの香りで、もう口元が緩んでいるのを自覚した。もしかしたら、厨房の彼にも気づかれているかもしれない。

「こんにちは」

レジカウンターにいる宮田さんに挨拶しながら、その奥にいる店長さんに会釈する。この時、私の口元は少しだけ緊張するが、彼から会釈が返ってくると、また自然とほころぶのだ。きっと、常連客としての義務を果たしたような気がするからだろう。

そのほころんだ顔はトレイとトングを手にするとさらに緩み、他の客に変に思われないようにいつも取り繕うのに必死だ。

そんな心がけもむなしく、この日は隠しきれずに、にやけた顔のままパンを選んでいると、ふいに声をかけられた。

「霧島さん、いつも本当にうれしそうに見てくれてますよね？」

「え？」

驚いて振り返ると、店長さんが天板を持って立っていた。そして、私のすぐ目の前のスペースに焼きたてのパンを並べ始めた。

「たらもパン、焼きたてですよ」

彼と近距離で目が合い、私は慌てて視線をパンへ移した。パンの中央には焦げ目のついたマヨネーズと一緒に、ほんのりピンク色のジャガイモがのぞいていた。

「これください！」

「いつもありがとうございます」

彼は私のトレイにたらもパンを載せてくれた。すると、私の背後から別のお客さんが遠慮がちに彼に声をかけた。

「すみません。私もいただいてもいいですか？」

その声は囁くようにか弱かった。私は声の主のために身体を斜めにしてよけた。

「はい、もちろんです。ありがとうございます」

店長さんは私の真横に差し出された彼女のトレイにもたらもパンを載せた。

「ホント、美味しそう……。私、ここのパン大好きなんです」

どんな客なのか興味がわいたので、私は遠目から姿を確認できるように、パンを選ぶふりをして場所を移動した。するとそこには、声のイメージを裏切らない色白の女の子が立っていた。

よく見ると女の子ではなく、れっきとした大人の女性だった。女の子と思ったのは、彼女が自分よりも若く、華奢《きゃしゃ》に見えたからだ。長いストレートヘアが顔のラインを隠し、彼女の小顔をさらに小さく見せていた。

「ありがとうございます。週に何回か来てくださってますよね？」

パンを受け取ってもその場から動かない彼女に彼が言った。

「……え？　あ、はい！　気づいてくださってたんですか？」

大人しかった彼女の声が急に華やぐ。見れば彼女の白い頬が少女漫画のようにバラ色に染まっていた。

私は二人から離れて、厨房寄りの冷蔵コーナーへ移動した。そして、たらもパンとの組み合わせに生クリーム入りの冷やしあんパンを選んでレジへ向かった。その時、空の天板を持った店長さんが入れ違いに厨房に戻るのが視界に入った。

「今日はお気に入りのパン、見つかりませんでしたか？」

「え？」

驚いて顔を上げると、宮田さんが少し困ったような顔で私を見ていた。

「霧島さん、来た時よりも元気ないから」

「……えっ、いえ、そんなことないですよ。たらもパンは大好きなうえに焼きたてをいただきましたたし、いつもはカロリーを気にして我慢してる冷やしあんパンもゲットしましたから」

「それならいいんですけど」

彼女はそう言うと、手際よくパンの包装を始めた。

「霧島さん、その髪型、もうすっかり定着しましたね」

「一度こうしたら、このほうが仕事がしやすくて」

彼女が言うように、私はあの寝坊の日からこの髪型に落ち着いていた。言い訳のような理由も決して嘘ではない。仕事がしやすいうえに、少しクセがかった毛先を気にしなくていいので、自分でも気に入っていたのだ。

温かいパンと冷たいパンなので、彼女は別々の袋に分けて入れてくれた。代金を支払うために顔を上げた時、奥の彼と目が合ったが、私はすぐにそらしてしまった。

顔を上げることができないまま、パンの袋を受け取って後ろを振り向くと、私のすぐ後に先ほどの彼女が並んでいた。彼女のトレイにはたらもパンだけが載っていた。

たしかに大食漢には見えないが、私だったらこれだけじゃ絶対に足りない。そう思いながらガラス戸を開けると、彼女の綺麗なストレートヘアが店に入り込んだわずかな風に軽やかになびいた。

「今日はお気に入りのパン、なかったんですか？」

事務所に戻ると、平岡さんに宮田さんと同じ言葉を投げられたので驚いた。

「いえ、ちゃんとありましたよ」

私は袋を見せてその中身を説明をした。

「そうですか。ならいいんですけど」

「平岡さんのぶんも買ってきたほうがよかったですか？」

「いや、僕はこれから外出なので」彼は鞄を持ち上げた。

「あの、平岡さん……」

私は見送る前に彼を呼び止めた。

「はい、何ですか?」

「あの……その敬語。やめにしませんか? 私のほうが歳も下ですし、なんだか落ち着かなくて」

「そうですか……。あっ、すみません。あ、ごめん」

彼を見ているうちに笑顔が戻ってくる。彼はそれが狙いだったのか、「じゃあ、行ってくるね」と、すぐに切り替えて出掛けて行った。

久しぶりの一人の昼休み。エスプレッソマシンにミルクをセットしてカフェオレを淹れた。カップを持って自分の席に落ち着くと、タイミングを見計らったかのようにスマホにメールが届いた。送信してきたのは親友の藤崎弓子《ふじさきゆみこ》だった。彼女はここからそう遠くない地方銀行に勤めている。

彼女からの久しぶりの連絡は夕飯の誘いだった。珍しいなと思いながらも、カレンダーを見て「そういうことか」と、一人つぶやく。彼女の勤める銀行では、週に一度〝早帰りデー〟というのがあり、窓口担当のパート社員から支店長に至るまで、その日はすべての社員が定時で帰宅することになっている。それがこの水曜日だった。

私は特に予定もないので、二つ返事でその誘いを承諾すると、パンの袋を開けて昼食にした。

パンはいつもどおり美味しかった。生地の中にたらもがたっぷりと詰まっていて、トッピングされたマヨネーズがさらに食欲をそそる。きっと、今頃、あの華奢な彼女も、小さな口でさぞかし上品に味わっていることだろう。

彼女のはにかんだ笑顔が思い出され、パンを食べる手が止まりそうになる。彼女の横で微笑む彼の笑顔も目に焼きついていた。私は何かを振り払うように無意識に首を横に振った。

「……美味しい」

私は独り言をつぶやき、残りの半分を大きく口を開けて食べきった。

食事の後、突然の来客があった。廊下からのっそりと姿を見せたのは三十代前半とおぼしき背の高い痩せ型の男性だった。血色が悪く、細い目の下にはうっすらと暗い影があり、そのせいで目つきがいっそう鋭く見えた。

もしかしたら、実際は見た目よりももう少し若いのかもしれない。裾のすり切れたジーンズに、明らかにサイズの大きいフード付きのトレーナー姿。もしも彼がお客さまでなかったら、私は一歩後退《あとずさ》ってしまうところだった。

「こんにちは。ご相談でしょうか?」

私が気合いを入れて明るく挨拶をすると、彼は細い目の中で黒目だけを動かした。

私は意識して笑顔をつくった。すると、彼はぼそりとつぶやいた。

「……自己破産」

ほとんど口を開かない彼の言葉を聞き取るのは容易ではなかった。先ほど入れたはずの気合いも、彼を目の前にして急にしぼんでいった。

私は彼を応接席に案内すると、お茶を淹れに流しに向かった。その間も誰か早く帰ってこないかと願うものの、二人とも帰る気配はなかった。

私はお茶を出すと、彼の正面に座って手帳を開いた。

「自己破産と言いますと、債務がおありということですね?」

彼は当然だろとでも言うように、私の質問に答えない。投げ出したくなるがそうもいかない。私は恐る恐る質問を始めた。

「どれくらいの債務があるんでしょうか? どれだけお金を借りて、どれくらい返済なさってますか?」

「二百万。返済なんてしてねーよ」

「少しもですか?」

「ワリーかよ」

彼の声色に、手のひらに汗が滲む。

「失礼ですが、ご職業は？」

「バイト。パチンコ屋で」

「本当に少しも返済はされてないんですか？」

嫌な予感がした。ごくまれに、最初から返済などするつもりもなく、借金をしてしまう人がいる。こうした場合、自己破産が認められない可能性が高い。

そんな予感を含んだ私の言葉が気にくわなかったのか、彼は私を思い切り睨んだ。

「借金返すまで手が回んねーんだよ。金がなきゃ返せねーだろ？」

彼が声を荒げたので私の身体が緊張で強張る。とても一人で対応しきれそうになかった。そこで、私は一度お帰りいただき、後日、坂上先生か平岡さんに対応してもらうことにした。

「申し訳ありませんが、ただ今、弁護士が不在ですので……」

「いいよなぁ、女は。身体さえありゃ、いくらでも金が稼げる」

私の話を遮って投げられた彼の言葉に身体が凍りつく。

「……申し訳ありません。今日のところはお帰りいただけますでしょうか」

声が震えてしまった。それに気づいた相手は、それにつけ込むように身を乗り出した。

「弁護士って正義の味方だろ？　弱いもんの味方なんだろ？　なのに、追い返すってなんなんだよ？」

「すみません。弁護士がおりませんと詳しいご相談はできかねますので……。戻り次第、こちらから電話を差し上げますので、ご連絡先を……」

テーブルの上の手帳とボールペンを引き寄せようとすると、その手を彼に取られた。

その瞬間、悲鳴を上げそうなのに、怖くて声が出なかった。

「アンタは弁護士じゃねーんだ？」

私はかろうじてうなずいた。すると、彼は背筋が凍るような不敵な笑みを浮かべた。

「俺は弁護士だと思って相談してたのに、騙《だま》されたぜ」

「えっ？」

「弁護士事務所が相談者を騙すなんて、いいのかなあ？」

「騙すなんて誤解です！」

私は彼の手を振り払おうとしたが、彼が力を込めるのが一瞬早く、強く掴まれた。そして、彼は私の手を拘束したままソファから腰を浮かした。恐ろしさで胃が痛み出した時、私の願いが通じたのか事務所のドアが開いた。

「戻りました」

その声で私の手は解放された。私は平岡さんに駆け寄り、とっさに彼の腕にしがみついた。目からは涙がこぼれていた。すぐに状況を悟った彼は、私を自分の背中に隠すように私の前に出た。

「弁護士の平岡ですが、相談の続きはどうぞ他の事務所で。もっとも、依頼を受けてくれるところがあればの話ですが」

「客を追い返すなんてとんだ弁護士事務所だな。みんなに教えてやるよ。ここは客を選ぶところだってさ」

彼は舌打ちを交ぜて悪態をつき、ポケットに手を入れたまま立ち上がった。そして、平岡さんの背中に隠れる私に近づくと、顔を突き出して「もう少しだったのにな」と煙草のヤニに染まった歯を剥《む》き出しにした。

平岡さんは自分を盾にしながら彼を外へ追いやり、内側からドアに鍵をかけた。

「大丈夫？」

彼に返事をする前に、膝から力が抜けて私はその場に崩れ落ちそうになった。彼が慌てて私を支える。

「大丈夫なわけないか……」

彼はそうつぶやき、戸惑いながらも震える私を抱きしめてくれた。

「もう安心して」

彼の大きな手のひらが遠慮がちに私の腕をさすってくれる。私はそれに合わせて深呼吸を繰り返していると、やっと声が出せるようになった。

「……すみませんでした」

「君が謝ることじゃないよ。俺こそごめん。もう少し早く帰って来ればよかったよ」

「平岡さんこそ……平岡さんに謝ってもらうことなんて少しもないですから……。帰って来てくれて、本当によかったです」

「具合は大丈夫？」

「あ、はい、もう……」

徐々に落ち着きを取り戻してくると、自分が彼の腕の中にいることに気がつき、動揺してしまった。

「あ、すみません。ありがとうございます……」私は彼の腕を自分から離した。

「無理しないで。今、温かいものでも淹れるから」

彼は一度離した腕で再び私を支え、席まで連れて座らせると、甘い紅茶を淹れてくれた。カップを両手で包んで口に含むと、優しい甘さが広がり、肩から力が抜けるのがわかった。私はカップから漂う湯気を大きく吸い込み、深く吐き出した。

「坂上先生には俺から言っておくから、今日はもう上がったらどうかな？」

「いえ、本当にもう大丈夫ですから」

すると、平岡さんはそれには答えず、どこかに連絡を入れ始めた。

「坂上法律事務所の平岡です。今日の予定なんですが……」

彼は午後からの予定を変更しているようだった。そして、電話を終えると言った。

「午後の予定は変更してもらったから。午後はずっとここにいるから安心して」

「え？　今の電話……もしかして、私のために？　だから、平気ですって……」

「大丈夫だよ。もともと、依頼人のほうもタイトなスケジュールだったようだから、そのほうが助かるって言ってたし」

私はそれを聞いて少しホッとした。

「もし依頼人が気を悪くしたとしても、今日は君を残して行くことなんてできないよ」

「そんな大袈裟ですよ……。平岡さんて、意外に心配性ですか？」

私はおどけるように明るく言った。しかし、正直なところ、あの場面でもし彼が帰って来てくれなかったら、どうなっていたかわからなかった。そう思うと再び全身に鳥肌がたった。今日だけは彼の優しさに甘えたくなった。

「すみません、私のために……」

私が彼に改まって感謝の気持ちを伝えると、彼は深く息をついて言った。

「いや、いいよ。このまま君を残して行ったって、仕事になんかならないだろうから」

彼は少しだけ首を傾げ、優しく微笑んだ。

「何それ⁉ その客、サイテーじゃん！」

私は定時で仕事を終え、弓子と居酒屋にいた。乾杯後、すぐにこの話題が上ったのには理由があった。

私を心配した平岡さんが私を自宅まで送ると言ってくれて、私が弓子との約束していることを話すと、それなら店まで送ると言い出したのだ。定時を迎える頃にはずいぶん持ち直していたのだが、彼のほうが気にかけてくれて、同行してもらうことになった。

そして、ちょうど店の前で弓子と出くわし、少しばかり勘違いをした弓子に説明が必要になり、店に着くなりこの話題となったのだ。

「その客はどうでもいいとして、さっきの彼、超イケてたじゃん」

生ビールのグラスを握りしめ、興奮気味に話す弓子を横目に私は冷静だった。

「はい、はい」

「彼、いくつ？」

「二十……八だったと思う」

「二十八で、弁護士で、イケメン。おまけに頼もしくて優しい……。そんな素敵な物件が空いてるなんて奇跡だよ、奇跡」

「物件じゃないけどね」

「そんなツッコミいらないから。美織、ここは行くしかないでしょ？ 運命だよ、運命」

「運命なんて大袈裟すぎ。第一、行こうにも私の気持ちが全然ついて行かないよ」

「何言ってんのよ？　美織の気持ちなんて待ってたらいつになるかわかんないじゃない。ホントにこういうことには疎いんだから。たぶん、もう美織は好きなんだよ、彼のこと」

「話が飛躍しすぎだよ」

　私はまともに相手にならずに、呆れたように天井を見た。

「わかってないなあ。美織がその気持ちに気づくのいつだと思う？　たぶん、気づいた時には遅いんだからね。他の女が見つけたら放っておくと思う？　私だったら気持ちがなくたって仮予約くらいしとくわね」

「だから、物件じゃないってば。やめてよね、そんな風に言うの」

「あ、ほらほら。彼のこと気遣っちゃって。そういうところからもう始まってるの！」

　弓子とはこんな風にたまに食事をすることもあるけれど、そのたびに私たちはどうして友達になったのだろうと思う。ないモノねだりとでも言うのだろうか。正反対の性格で、お互い自分にないところに惹かれているのだろうか。

「ホントにじれったいんだから」

　弓子は尖らせた唇でグラスに口をつけた。ビールを喉に流し込む弓子の横で、「弓子は突っ走りすぎなの」と、私もグラスを引き寄せた。

「それはそうと……弓子、何か話があったんじゃないの?」

「あ、バレた?」

いつも強気で自信家の弓子がわずかに見せた照れの表情。私はある予感を抱いた。

「もしかして……?」

私が上目遣いに彼女を見ると、彼女は笑みを堪えながら目をそらした。これは当たりだと確信した私は、乾杯の準備をするためにグラスに手をかけた。

「されたんだ? プロポーズ」

弓子はその言葉にピクリと反応して白状した。

「されちゃった……」

弓子はおめでたい報告をした後、小さなため息をついた。

「もうマリッジブルーなの?」

私はグラスから一度手を離し、指先についた水滴を拭き取った。

「別にそうじゃないけどさ……」

弓子には銀行の同期の彼氏がいた。入行して初めての支店で出会った彼で、今は異動により別の支店に勤務しているが、ずっと付き合いは続いている。私も何度か顔を合わせているが、真面目で穏やかな人だ。弓子より二歳年上だが、仕切り役はどちらかと言えば彼女で、聞き上手だった印象がある。

「あっ、ごめん。とにかくおめでとう」

「ありがと」

私が遅れて祝福の言葉をかけると、彼女はやっと口角を上げて微笑んだ。私たちは中身の少なくなったグラスで小さな乾杯をした。

「はーあ、美織にも早くチャンスが巡ってこないかなぁ」

溢れんばかりの泡をたたえておかわりのビールが届くと、弓子は元気を取り戻したかのように声の音量を上げた。

「私のことはいいから。タイミングだよ、タイミング」

「そんなこと言ってるけど、美織は出会いとか少ないじゃん。今日みたいに相談者じゃ対象になんないだろうしさ」

「そうだけど、いいの」

「そんなこと言ってるうちにあっという間に三十だよ。あ、今度うちの銀行の飲み会に誘ってあげようか？　男はみんな銀行マンだけど、将来出世してくれればそれなりの暮らしはできるはず……って、美織なら知ってるか」

私は返事をする代わりにうなずいた。弓子が言っていることはあながち間違っていない。なぜなら私の父が銀行マンだったからだ。

地方銀行の支店長を務め、その後は出世コースを外れることなく本店の役員にまでなった。母は私を妊娠してからずっと専業主婦を貫いており、不自由している様子はまったくない。

「もういいから。私がそういうの苦手だって知ってるでしょ?」

「そんなこと言ってたら出会いなんてないんじゃないの?」

「そんなことないよ……」

「じゃあ、美織、職場以外で男の人に会う機会ってあるの?」

息巻いた弓子に圧倒されながら一瞬考え込む。

「……あるよ」

「どこで? どんな人と?」

弓子の口調はまるで尋問だ。

「……隣の……パン屋さんで……」

「パン屋!?」

私が最後まで言い終わらないうちに弓子が遮った。

「あ……そう言えば……」

「そう言えばって、何? 他にあった?」

「明日、パン屋さんお休みだったと思って。木曜が定休日なの」

私が説明すると弓子はお話しにならないというような表情を見せた。

「はあ……。私、やっぱりセッティングしたほうがよさそう」

「しなくていいから」

「てかさ、あっちの線はどうなのよ。ほら所長先生がいろいろ紹介してくれるんでしょ？　会社の社長さんや専務さん。そっち路線で行けば玉の輿、間違いないじゃん」

彼女は届いた二杯目の生ビールをまるで充電でもするように勢いよく飲んだ。

「別に玉の輿は求めてないもん。だから、いいの」

「はーあ。普通の客商売ならまだしも、弁護士事務所だしなあ……。今日みたいな変な客もいるし、客とどうにかなるっていうのは、期待できそうにないよね……」

弓子は頬杖をついて考え込むように宙を見た。私はそんな弓子に素朴な疑問をぶつけた。

「ねえ、普通のお店なら……店員とお客さんって……あり？」

「まあ、ない話じゃないよね。私の友達、行きつけの美容院の美容師さんと付き合い始めたし。てかさ、実は美容院に行くのも彼目当てだったらしいんだよね。ま、うまくいってよかったけどさ」

「美容師さんか……」

「美織の行ってる美容院は？　いないの？　イケメン美容師」

「わかんないよ。そもそも男の美容師さんは苦手だから、『女性の美容師さんでお願いします』って予約してるんだから」

「何、そのわけわかんないオーダー。自分から出会いを遠ざけてどうすんのよ？」

「だって、あんな至近距離で恥ずかしいじゃん。しかも髪の毛触るんだし……」

「ったく、いつの時代の女よ？　天然記念物かっての。美織は固く考えすぎなのよ」

「天然記念物って何よ……。別に固くなんてないし。ただ、人を好きになるのに、条件から入りたくないだけ」

「それが固いって言うの。だいたい、もう〝好きな人〟なんて言ってられなくなるよ？　私の周りだって、恋人なんて探してないもん。探しているのは結婚相手だよ」

　私は思わず眉をひそめた。

「……好きじゃなくても……結婚できるってこと？」

「気持ちは条件でカバーできるってこと」

　弓子はあっさりと答えた。

「そうやって弓子は他人事だと思って簡単に言うけど、自分はちゃんと好きな人を見つけたじゃない」

「あ、なんか美織が強気だ」

「私だってたまには主張するの。弓子、言ってることメチャクチャだし」

　今度は私がグラスを口に運ぶ。お酒は強いほうではないが、勢いをつけて喉に流し込んだ。その様子を弓子がじっと見つめている。

「……な、何？」

「ねえ、今日の美織、なんかちょっとムキになってない？」

「そんなことないよ。弓子の突飛な考えについていけないだけ」

「ほらほら、そういうところ。普段私が酔っぱらって何か言い出したら適当に流してるじゃない」

「別に流してるつもりないけど」

「流してるよ。流されてるほうが言うんだから間違いないの。でも、今日の美織は何か違うね」

　彼女はニヤリと笑って焼き鳥の串をつまんだ。

「もしかして美織、今、好きな人いるんじゃないの？」

　弓子は手にしたつくねを口に放って言った。私の胸の内を見透かそうとする彼女の上目遣いに、私はわずかにのけ反った。

「……いないよ」

「ホントに？」

「ホントにホント。いたらちゃんと報告するから」

「……なんか、今日の美織、怪しい」

「何が？　いつもどおりじゃん。それってさ、先に結婚が決まって私に後ろめたさみたいなのを感じてるからじゃないの？」

　私はふざけ半分に嫌味を込めて言った。すると、弓子も「うーん」と考える演技を見せた後、「そうかもしれない」と笑った。

　今夜、弓子と会えたことはうれしかった。日中の出来事も、彼女が最低な男だと言ってくれたことで嫌な気分も一掃された。おかげで明日からの仕事に引きずることは避けられそうだった。

　ただ、私にとって予想外だったのは弓子から受けたプロポーズの報告だ。うまく受け答えしたつもりだが、内心は複雑だった。心から喜ばなきゃいけないはずなのに、やはり置いてけぼりにされたような寂しさにも似た気持ちがあった。

「探してるのは結婚相手か……」

　帰り道、春の終わりの風が少し湿気を含んでなびいてきた。一年で最も好きな春が終わりに向かうのを寂しく思いながら、一方では眩しい夏を待ちわびる。

　けれど、忘れてはいけない。その前には梅雨という一年で最も憂鬱な季節がやってくることを……。

第二章　想い人

　桜はとうに散り、窓から見える公園の木々は青々とした葉で覆われていた。沖縄はすでに梅雨入りし、梅雨前線はどんどん北上している。後一週間もしないうちにこの辺りも梅雨入りを宣言するに違いなかった。

　それを予感させるかのように、五月の連休が明けて二週間ほどが過ぎたこの日、久しぶりの雨となった。一日中、空は灰色の雲に覆われ、雨が地面に垂直に降り注いでいた。

「お先に失礼します」

　事務所の窓から下を見下ろすと、ビルの駐車場にできた水たまりが歩道に立つ街灯の明かりを反射してした。

「お疲れさま。気をつけてね」

「はい。あ、今日のお昼、ごちそうさまでした。今度は私がごちそうしますね。平岡さんはまだかかりそうですか？」

「うん。もう少しね」

「あんまり無理しないでくださいね」

「ありがとう」

私は傘立てから傘を抜き取ると、ビルの階段をゆっくりと下りた。

お礼を伝えたのは、今日は雨ということで、平岡さんが外回りのついでにお弁当を買ってきてくれたからだ。だから今日はパン屋さんには顔を出していなかった。

私は店の前で立ち止まった。毎日通っていると、常連の意地と言うべきか、義務と言うべきか、とにかく店に顔を出さなければならないような気がしてくるのだ。結局、傘を畳んで店に入った。

「いらっしゃいませ」

昼間とは違い、静かな声が耳に届いた。店内には私の他に客はいない。静けさの増した店内ではそんな声でも十分に響いた。厨房には彼の姿しかなかった。

「……こんばんは」私は頭を下げた。

「あいにくの雨ですね……」

「本当にあいにくです。雨の日は客足が遠のいてしまいますから」

彼はそう言ってガラス戸から外を見つめた。そして、降り続く雨の残像を残したその瞳が私に向けられた。

「霧島さんも今日は来てくれないのかと思いましたけど」

「すみません。今日のお昼は……」

「あ、すみません。そういうつもりじゃなくて、毎日来てくださってると、つい……」

「つい？」

首を傾げると、彼はそれには答えずただ私を見つめていた。そのまま見つめ返していれば、彼は続きを話し出しそうだったが、緊張に耐えられずに私は視線を外した。

「あ、あの。その食パン、いただいてもいいですか？」

たまたま彼の後ろのカウンターにある食パンが目に入って指差した。閉店間際なのでもう二斤しか残っていない。

「一斤でいいですか？」

もちろん一斤で十分だった。一人じゃ食べきれないし、実は一昨日も一斤買っていて、本来なら買う必要がないものだった。

「はい、一斤でお願いします」

「何枚にしましょうか？」

「は、八枚でお願いします」

「八枚……ですね。珍しいですね？　もしかしてサンドイッチですか？」

八枚だと言ってしまったのはとっさのことで深い意味はなかった。普段私は五枚切りを買っている。この店の食パンはフワフワでもちもち。厚めの食パンをトーストしてたっぷりのバターを浸み込ませて食べるのが大好きだったが、彼がそう言ってくれるなら、そうするのも悪くないと思った。

彼が私の注文どおりにスライサーを調整し、食パンをセットすると、軽快なリズムであっという間に切り分けられた。彼はそれを袋に入れると、中身を気遣うように私の前にそっと置いた。

「ありがとうございます」

代金を支払う時、指先がわずかに彼の手に触れた。スーパーやコンビニで買い物をしたってよくあることなのに、静まり返ったこの空間が変に意識を増長させる。

私はお釣りを待つ間、店内を見回すフリをして顔をそらした。彼がレジスターからレシートをちぎり、お釣りを手渡してくれる。彼は私の手のひらには触れないように寸前のところで小銭を離したので、私の手の上で小銭たちが小さな金属音を鳴らした。

「霧島さん……」

小銭を財布にしまっていると、彼に名前を呼ばれ、心臓が波打った。私が顔を上げ、彼が口を開きかけたところで、ドアの開く音がした。

「いらっしゃいませ」

店長さんがドアのほうへ小さく頭を下げるので、私も無意識に視線を向けた。

「よかった、ここにいてくれて」

店に入ってきたのは、平岡さんだった。

「どうしたんですか？」

驚いて私が尋ねると、彼は右手を差し出した。

「スマホ。デスクに忘れてたよ」

「え？　嘘⁉　すみません。全然気づきませんでした」

彼からスマホを受け取ると、着信のランプが点滅していた。相手を確認すると、平岡さんだった。

「すみません。電話してくださったんですね。何かありましたか？」

私が尋ねると、彼は一瞬向かいの店長さんに視線を向けた。

「あ、いや、たいしたことじゃないんだけど……。やっぱり今日は俺ももう上がろうかと思って、たまには夕飯でも一緒にどうかなって。それで電話をかけたら、目の前のデスクで音がしたんで気がついたんだ。霧島さんの家、どっちかわからなかったけど、もしかしたら……と思って、ここをのぞいてみたんだ」

平岡さんは立ち話をしていることに気が引けたのか、店長さんにも話しかけた。

「彼女、ここのパン、すごく好きだから」

「……はい。よく来ていただいてます」

彼は静かな笑みを返した。

「で、霧島さん、ご飯、どうかな?」

私は店内の時計に目をやった。七時を五分ほど過ぎていた。閉店の時間だ。

「今日はあの……。平岡さん、とりあえずお店を出ましょうか。もう閉店の時間過ぎちゃってます。店長さん、すみません」

店を出て、振り返ってガラス戸を閉めようとすると、店長さんと視線が重なった。私はその瞬間、胸の奥が揺さぶられた。何かが膨れ上がりそうだった。

「霧島さん、どうしたの?」

平岡さんに声をかけられて我に返る。

「いえ……何でもないんです」

傘に打ちつける雨粒が思った以上に大きな音を立て、私の鼓動と重なる。買ったばかりの食パンの袋が雨に濡れないように胸元に抱えた。

「平岡さん、今日はやっぱり……」

「そうだよね。こんな天気だし、また今度にしようか」

彼は私が言いかけると、自分の傘を持ち上げ、わかりきった空模様をうかがった。傘から滴《したた》り落ちる雨粒が平岡さんの肩を濡らしたので、私は改めてお礼を言いながらハンカチで彼の肩を拭いた。

「あっ……。ありがとう」

「じゃあ、お先に失礼します」

パン屋の横の路地へ入ると、狭い足場で傘が邪魔になり、少しバランスを崩した。傘の上で弾ける雨音は私の鼓動を煽るかのように相変わらずうるさかった。

その夜、雨は一晩中降り続いていた。そして、私の鼓動はその雨音に翻弄されるかのように夜中になっても落ち着かず、なかなか寝つけずに幾度となく寝返りを打った。私がやっと眠りについたのは明け方になってからだった。閉じたまぶたの裏に彼の笑顔が映った。

彼はもう起きる頃だろうか……。そう思った直後、私はまどろみの中に落ちていった。


翌朝、私は息を切らしたまま勢いよく事務所のドアを開けた。

「すみません、遅くなりました」

「おはよう」

坂上先生がデスクから顔をのぞかせ、私のありさまに笑った。後ろでまとめた髪の毛はすっかり毛先がはねている。いつもどおりに鳴ったアラーム音を無意識に止めて、二度寝をしてしまったらしい。起きた途端に血の気が引くのを感じながら、急いで準備をして、家を飛び出してきたのだ。

「今日はホントの寝坊らしいね。ってことは朝ごはんもまだか？」

「……はい」

「じゃあ、隣のパン屋にでも行っておいで」先生が笑いながら言った。

「あ、いえ、今日は……朝食を持ってきてるんです」

私は手に提げてきた紙袋を自分のデスクに置いた。

「先生たちはもちろん食べてきてらっしゃいますよね……」

私が紙袋の中から取り出したのは夕べ作った手作りのたまごサンドだった。昨日の夕方、つい買ってしまった食パンを、冷蔵庫にあった卵とマヨネーズで、たまごサンドに変えたのだ。

「サンドイッチ？」

平岡さんが立ち上がって向かいの私のデスクを見下ろした。

「はい、夕べあり合わせで作ったたまごサンドですけど、もしよかったら。お口に合うかわかりませんけど……」

「いいの？」

「はい、坂上先生もどうですか？　もしよかったらですけど」

「じゃあ、いただこうかな」

私は二人にサンドイッチを渡すと、コーヒーを淹れに流しに立った。

「耳まで柔らかいので、切り落としてないんです」

私が声をかけるのとほとんど同時に、二人はパンを口にした。

「ん、美味しい」先に反応したのは平岡さんだった。

「先生、美味しいですよね？」

「ああ、美味しいね」

「ホントですか？　隣のパン屋さんに行ったら、もっと美味しいたまごサンドがあるんですけどね」

私はお世辞だと承知のうえで照れてしまった。もともと自分の朝食用に作ったものなので、本来なら口の肥えている先生や平岡さんに出せる代物ではないのだ。しかし、二人は私に気を遣ったのか、本当に美味しそうに食べてくれる。

「霧島さん、料理も得意なんだ？」

「料理って言うほどのものじゃないと思いますけど……。でも、この歳で一人暮らしですし、少しくらいはできないと」

私は二人にコーヒーを出し、最後に自分のぶんを持って席に着いた。

「立派な料理だよ」

平岡さんは大袈裟に言って最後の一口を口に運び、「美味しかった。ごちそうさま」と満足げに笑った。

「いえ……」

こんな風に言ってもらえるなんて、初めての経験だった。こちらからお礼を言いたくなったくらいだ。パン屋で働く彼らも、いつもこんな気持ちを抱いているのだろうか。もっとも、彼らはそれが仕事なのだから少し違うとは思うが……。

そんなことを考えながら、自分も急いでたまごサンドを食べ終え、日課のミーティングの後、業務に取りかかった。

この日は、既存案件の調査の続きや裁判所に提出する申立書の作成、依頼人との面談などをこなした後、申立書を裁判所へ持参して提出。その後、さらに別案件で書類に署名と押印をもらいに依頼人の自宅まで出向いた。その際、道に迷ってしまい、思った以上に時間がかかってしまった。

「お疲れさま」

外回りが終わって事務所に戻ると、平岡さんが迎えてくれた。私が外出している間はたいていの場合、彼が留守を預かってくれている。

「お疲れさまです」

「霧島さん、今日は外出も多くて疲れたでしょ？」

「いえ、大丈夫です」

私はデスク脇に荷物を置き、椅子に腰を下ろした。実のところ少しだけ疲れていた。

私の場合、初めての場所に出向く際には、ほとんどと言っていいほど道に迷うため、肉体的にも精神的にも無駄に疲れてしまうのだ。

　バッグから書類を取り出そうとして身体を屈めると、電話が鳴った。身体を起こして受話器に手を伸ばそうとすると、すぐにコール音が途切れた。

「坂上法律事務所です」

　平岡さんが電話に出た。彼は相手とほとんど言葉を交わすことなく電話を切った。

「どうかしましたか？」

　明らかに様子が変だったので私が尋ねると、彼は呆れ顔で答えた。

「昨日また破産の申し立ての受任通知をいくつか送ったよね？　それが届いたんじゃないかな。さっきから電話が鳴りっぱなし。しばらく霧島さんは出なくていいから」

　彼が事情を説明している間に、また電話が鳴った。彼は小さくため息をつくと、普段より低い声で電話に出た。すると、その間にも別の電話が鳴った。おそらく、平岡さんの言ったように、十中八九、嫌がらせの電話だろう。平岡さんが私に「出なくていい」と手を振ってジェスチャーする。しかし、私は躊躇することなく受話器を取った。

「どないなっとるんじゃ！　一本貸してまだ一円も返してもらってねーぞ‼　なのになんで破産なんや？　社長は何しとんじゃ！　社長出せや‼」

　私は最初の一声で受話器を耳から十センチ以上も遠ざけた。電話の受話器から漏れた声は当然平岡さんにも届いている。彼は自分の電話に応対しながら、心配そうに私の様子をうかがっている。

「債務者さまはこちらにはおりませんし、電話にもお出になりません。こんな風にお電話いただいても困ります。こちらは法的な手続きを踏んでおりますので、ご納得いただけない場合は当事務所にでもいらしてください。ご納得いくまでご説明いたします」

自分でも驚くほど冷静だった。

「お前じゃ話になんねーよ。社長を出せや！」

「あいにく外出しております」

私が言うと、自分の電話を終えた平岡さんが私のデスクまでやって来て、電話を代わろうとして左手を差し出した。私は「大丈夫」と、平岡さんに目で合図を送る。やがて、電話の相手は主張することがなくなると、同じ言葉を繰り返すだけになり、私は頃合いを見計らって、「失礼します」と電話を終わらせた。

「大丈夫だった？　俺に回してくれればよかったのに」

受話器を置いた私に平岡さんが拍子抜けした顔を見せた。

「大丈夫です。平岡さんもあんな電話ばかり取ってたら、気が滅入っちゃうでしょ」

「まあそうだけど、別に気にしてないし。ビックリしたよ、霧島さんが強気だから」

「強気でしたか？　でも、一人の時と違って平岡さんがいてくれるんで、気が大きくなってるのは事実かもしれないですね」

そう思うと、なんだか可笑しくなってしまった。

「これくらいしっかり対応できないようじゃ、秘書としては失格ですもんね」

私は彼にそう言いながら、内心では自分でも驚いていた。ついこの間までこの手の電話にはひどく怯えていたからだ。そう思うと、やはり平岡さんの存在は大きいのかもしれない。

それからしばらくは、申立書などの書類作成を行った。一段落したところで、毎月ルーティンの事務所の会計処理に取りかかろうと、カーディガンの袖を捲《まく》り上げた時、平岡さんが私に声をかけた。

「霧島さん、お昼まだでしょ？　そろそろ食べておかないと夕飯になっちゃうよ」

「……あ」

私は時計を見た。もうすぐ二時になる。時刻を確認すると私の体内時計も反応し始めたのか、急にお腹が空いてきた。

「今日も隣のパン屋でいいの？」

「はい、平岡さんもまだですか？」

「まあね。じゃあ、今日は隣のパン、俺がおごるよ」

「え？　いいですよ。それより、平岡さんのぶんも一緒に買って来ましょうか？」

私は書類に続けてバッグから財布を取り出した。

「いいよ。俺がおごるって」

「……どうしたんですか、急に」

「そういう気分だから」

平岡さんは何かいいことでもあったのか機嫌良く笑った。そうなると、その笑顔に遠慮するのも、逆に悪いような気がしてしまった。

「じゃあ、今日は甘えさせてもらいます。でも、私が買ってきましょうか？　平岡さん、どんなパンがいいですか？」

電話のこともあるので事務所には一人残るべきだと思ったのだ。すると、平岡さんは自分の携帯と財布を手にした。

「一緒に行こう。電話は俺の携帯に転送されるから、少しくらいなら問題ないよ」

「転送……ですか？」

「今月に入って先生の許可をもらって手続きしたんだ。土日のこともあるからね。先生の負担を少しでも減らせればと思って」

彼はそう言って「行こうか」と、ドアのほうへ歩き出した。今まで電話の転送先は坂上先生の携帯電話になっていたのだが、彼がそんな手続きまで済ませていたとは知らなかった。たしかに、それだけでも坂上先生の負担は大幅に減るに違いなかった。

「じゃあ、鍵だけ閉めて行きますね」

私は自分の財布をバッグにしまい、彼の後に続いた。

誰かと一緒にパン屋に行くのは初めてのことだった。緊張しているわけではないが、少しだけ鼓動が乱れた。一人じゃないというだけなのに、どんな顔をして店に入ればいいのかわからなかった。

けれど、平岡さんだって昼食を買いにたびたびパン屋には顔を出しているし、おそらく彼と私が同じ職場であることも従業員さんは知っている。だから私たちが一緒に来店したとしても別に不自然なことではないはずだ。自意識過剰だと思いながらも、ドアを開けるまでの短い間に表情をつくり、彼に続いて店に入った。

「いらっしゃいませ」

いつものように、はつらつとした宮田さんの声が私たちを出迎える。

「こんにちは」私は彼の背中から顔を出した。

「あ、霧島さん。今日は珍しく一緒に来てくださったんですか?」

彼女の視線は私と平岡さんを往復していた。

「……はい。お昼、遅くなっちゃったんで一緒に。これ以上遅くなると、昼食じゃなくなっちゃいますから」

説明しながら、視線がなぜか定まらない。宮田さんを見ているようで、真っすぐには見られなかった。なぜなら、彼女を正面から見れば、後ろの厨房まで視界に入ってしまうからだった。自分が自分でないようで落ち着かない。

私は平岡さんが手にしていたトレイとトングを受け取り、彼を店の奥へ促した。

「霧島さんは何にする？」

店内をぐるりと大きく見回す彼に対して、私はまともに視線を上げられない。妙にそわそわしてパンを選ぼうにも集中できなかった。

「私は……」

厨房に背を向けたまま、一番近くにあったハムとチーズの白パンと、抹茶の生地に大粒の黒豆が練り込まれた黒豆パンを選んだ。少し向こうに焼きたての札が見えているのに、私はそのパンを確かめることもしなかった。

「じゃあ、僕も霧島さんと同じパンと……カツサンドにしようかな」

彼はそう言ったかと思うと、身体の向きをくるりと変えてサンドイッチコーナーへ行ってしまった。私は慌ててハムとチーズのパンをもう一つトレイに載せ、彼の後を追って振り返った。その瞬間、厨房の店長さんと目が合ってしまった。

店長さんは手元を動かしながら会釈をした。いつもどおりの行動だ。表情も変わらない。いや、若干硬いだろうか。すると、彼は忙しなく腕を動かしながら、普段よりも少し低い声で別の男性スタッフに指示を出した。

そうする間に橋本さんが店長さんのそばにやって来て、耳打ちでもするように話しかけると、二人で壁際にある大きなオーブンの前に移動して、細いのぞき窓から中をのぞき込んだ。私は二人の後ろ姿から目をそらした。

「霧島さん、これいい？」

平岡さんの声にハッとしながら彼の指差したソースたっぷりのカツサンドをトングで掴んだ。彼はもう一つその横の野菜サンドも指したので、それを取ろうとした時、誰かに背後から呼びかけられた。

「霧島さん」

馴染みのない声だった。振り向くとそこには、思いがけない人物が立っていた。

「矢島専務……」

以前、坂上先生に連れられて、一緒に食事をした矢島テクノスの矢島専務だった。

「今日は……どうしてこちらに？」

彼がトレイも持たずに立っているので、私は何と言っていいのかわからなかった。

「別件でこっちに来たついでに坂上先生のところに顔を出して行こうと思ってね。もちろん、霧島さんに会うための口実だけど。そしたらこの店に入って行くのが見えたから。まさか、誰かと一緒だとは思わなかったけど」

矢島さんはちらりと平岡さんを見た後、私の手元のトレイに視線を落とした。

「これから仲良くお昼ご飯？」

「仲良くってわけじゃ……。あ、あのうちの事務所の平岡です」

私が紹介すると、二人は簡単に挨拶を交わした。

「君は資格持ってるの？」

矢島さんは平岡さんを流し目で見つめた。

「資格と言いますと、弁護士の、でしょうか？」

矢島さんがうなずくので、平岡さんは「はい」と返事をした。初対面の二人の間に漂う異様な空気に、私は不安を抱いた。

平岡さんもそれを感じたのか、「先に精算済ましとくよ」と、私の手からトレイを取り上げてカウンターへ向かった。すると、彼の背中を追っていた矢島さんの視線が私に向けられた。

「もしかして、この間言ってた〝彼氏〟って、彼のこと？ 君の彼、弁護士なんでしょ？」

私の顔から血の気が引く。先ほどから矢島さんと真っすぐに目を合わせられなかったのは、彼の強烈な目力を避けるためだけではなく、前回嘘をついてしまった後ろめたさからだと気づかされる。あの時は坂上先生も話を合わせてくれて、あたかも本当のことであるかのように話が出来上がってしまった。

しかし、今、私にとって問題なのはそこではなかった。ここでこの話はしたくなかった。

「あの、もし事務所に寄っていただけるなら、矢島専務も一緒にいかがですか？　ここのパン、おすすめなんですよ」

「ありがとう。霧島さんのおすすめならぜひとも……とは思うんだけど、昼飯も食べちゃったし、三人で食べてもね」

彼の視線が再び平岡さんをとらえる。その時、パンの入った袋を提げて平岡さんがこちらへ戻って来た。

「君が霧島さんの彼氏？」

私に話をはぐらかされたと思ったのか、彼は直接平岡さんに尋ねた。しかし、自信家の彼の声は普段から大きく、この店内では異様なほど店内に響いた。

「矢島専務、とにかくお店を出ましょう。すみません、早めに事務所に戻らなきゃならないんです……」

私はレジのところにいる宮田さんにも頭を下げる。

「お騒がせしてすみません……」

私は逃げるように二人と一緒に店を後にした。

外の湿度の高い熱気に包まれても、私の背中には冷や汗が滲みそうだった。どうしたらいいのか考えを絞り出そうとするものの、私の頭の中は混乱する一方で、何も名案が浮かばない。あの時はまだ平岡さんの存在を知らなかったために、自分のためのその場しのぎの嘘のつもりだった。矢島専務とは坂上先生と一緒でない限りそうそう会う機会もないので、あの嘘がこんなことになるとは思いもしなかったのだ。

今ここで平岡さんが否定すれば、私の嘘がばれてしまう。それは仕方がないが、矢島専務には不快な思いをさせるだろうし、坂上先生にも嘘をつかせてしまったことになる。かと言って、これ以上嘘を重ねるわけにもいかなかった。

「矢島専務、すみません……」

私が口を開いた時だった。平岡さんがまるでその続きを口にするように話し始めた。

「おっしゃるとおり、霧島と付き合っていますが、そのことが何か問題でしょうか？」

平岡さん……。

「いや、全然」矢島専務は不敵に笑った。

「坂上先生と同業って聞いてたから脈なしかと思ったけど、見たところ……まだまだ見習いの新米弁護士って感じだし、まだ俺にも可能性があるってわかってよかったよ」

いつも穏やかな平岡さんの眉間《みけん》が動いた。向かい合った二人の雰囲気に、私は平岡さんの言葉を否定することはできなかった。

「……専務。事務所にはお寄りになられますか？」

平岡さんがそう言うと、矢島専務は「いや、また今度にするよ。坂上先生によろしく」と言って歩き出した。そして、すぐに足を止めて振り返ると、私に笑顔を向けた。

「霧島さん、今度は二人きりで食事に行こうね」

彼は最後に私の隣の平岡さんに会釈することも忘れなかった。

矢島専務の後ろ姿が見えなくなると、呆然と立ち尽くす私に平岡さんが言った。

「霧島さん、行こうか」

「平岡さん……あの……」

「とにかく事務所に戻ろう。話はそれから」

彼は小さく微笑んだ。私はその笑みに苦笑いを返し、彼の後に続いてビルの階段を上がった。


事務所に戻ると、私は彼に事情を説明した。

「平岡さんにまで嘘をつかせちゃって、本当にすみません。矢島専務には私から連絡させてもらいます。嘘のこともお詫びしないといけないし……」

自分で蒔いた種とはいえ、これからのことを考えると気が重かった。矢島専務には彼氏がいないことがバレるうえに、嘘をついた負い目もある。しかも、相手は坂上先生が顧問をする会社の専務だ。お詫びするには、先生にも相談しなければならない。

「俺は何ともないけど……」

彼はそこまで言いかけてパンの袋をデスクに置いた。ビニールの乾いた音に目をやると平岡さんが先を続けた。

「嘘をついたことでそんな顔するくらいなら、〝嘘〟じゃなかったことにすればいいんじゃない？」

私は首を傾げた。彼の言葉の意味がすぐにはわからなかった。

「誰にだってそれくらいの嘘をつくことはあるよ。もちろん、俺だって。あ、さっき、新しい嘘をついちゃったしね」

「それは……私がつかせちゃったからで、本当にごめんなさい」

私が謝ると平岡さんは笑った。

「ごめん。謝ってほしいんじゃなくて……」

今度は苦笑いを浮かべた。ものわかりの悪い私に呆れたのだろうか。彼はそうだと言わんばかりに説明を加えた。

「もしも、俺と霧島さんが本当に付き合ったら、君が負い目を感じることもないよね？」

「私と……平岡さんが？」

復唱するように唱えて、私はやっと気がついた。

「……え!?　そ、そんなこと、ダメです。ダメですよ‼　私の嘘のために平岡さんがそこまですることありません。もう、本当にごめんなさい！」

　私は深々と頭を下げた。

「霧島さん……。俺は本当にそうなってもいいと思ってる」

　彼の言葉にゆっくりと顔を上げる。

「平岡さん、何言って……」

　私はそこで口をつぐんだ。彼の目は決して冗談を言っているようには見えなかった。

「こんな時に言うことじゃないと思うんだけど、もう白状するしかないかな。俺がここに入る前から、君のことは坂上先生からよく話に聞いてたんだ。それは前にも話しただろ？」

「……はい」

　私は囁くように返事をした。

「正直に言うと、俺は君に会う前から君のことが気になって仕方がなかった。気になってたっていうよりも、好きになってたのかもしれない」

　突然のことに、私は瞬きすることすら忘れてしまった。言葉を失う私に、彼はまるで世間話でもするかのように、エスプレッソマシンにコーヒーのカプセルをセットしながら話を続けた。

「でも、君に会ってから自分の気持ちを確信したよ」

私が困ってうつむくと、彼は「だから……考えといて」と、それまでと変わらないトーンで微笑んだ。私は返事をしたつもりだが、声にはならなかった。

一瞬静まり返った室内に、コーヒーを抽出するエスプレッソマシンの音だけが響き、すぐに心地よい香りが漂い始めた。

「さ、せっかくの焼きたてのパンだ。冷めないうちに食べよう」

「はい……」

彼が淹れてくれたコーヒーを運び、私たちは昼食にすることにした。

「すみません……。いただきます」

「そんなに恐縮しないで。ごめん、さっきの話は本気だけど、今までどおりに接してほしい。難しいかな?」

「いえ……大丈夫です」

「よかった」

彼は安堵の息を漏らすと、カツサンドを頬張った。私も自分のぶんを口に入れたが、なかなか喉を通らず、結局もう一つのパンには手をつけられなかった。突然の彼の告白に驚いたことも原因だが、これからどんな風に接したらいいのか不安だったのだ。

しかし、私の心配はすぐに解消された。なぜなら彼がまったく普段どおりだったので、私も自然にそれに順応することになったからだ。先ほどの告白はもはや夢だったのではないかと思うほど、拍子抜けするものだった。

　夕方まで戸惑いながらもなんとかやり過ごした私は、外出していた坂上先生が戻ったところで一日の報告を済ませ、二人を残して先に引き上げることにした。事務所のドアが閉まると全身から力が抜けた。

　彼は二歳年上で職業は弁護士。優しくて頼もしくて男らしくて、こんな男性に好きだと言われたらなびかない女性などいないくらい彼は素敵な人だと思う。私も例外ではなく、こんなにも動揺している。

　ただ、舞い上がって喜ぶほどの勢いはなく、うれしくて居ても立ってもいられないという感じでもなかった。大人になったらこれが当然の反応なのだろうか。告白されてうれしくても、うまく喜べないのは私が恋愛下手なせいなのだろうか……。

　廊下を歩きながら、矢島専務とのやり取りや平岡さんの言葉を思い返す。その時、突然、別の映像が浮かび上がる。パン屋の店内で見た店長さんの顔だ。彼は今日初めて笑顔ではなかった。

　そんな彼の表情が頭から離れず、胸の奥で交じり合うカタチのない感情に、めまいを起こしそうだった。

　おぼつかない足取りでビルの階段を下り、歩道に出る。ガラス越しにパン屋の中をのぞくこともできないまま細い路地に入った。身を隠すように進み、裏の通りに出て深く息を吐き出した。その反動で大きく息を吸い込むと、パン屋の通気口から漂うバターの香りが胸の奥を膨らませた。

　空は厚い雲で覆われ、空気は湿気を含んでじっとりと重い。私はこの夜、梅雨入りしたことをお風呂上がりのニュースで知った。

　翌日。カーテンを開けると、音もなく雨が降っていた。梅雨入りを予報したニュース番組のお天気キャスターは予報が立証されて喜んでいるかもしれない。もちろん私は喜ぶどころか雨のせいで気が滅入り、めったにないことだが食欲もなかった。

　眠りが浅かったせいか、いつもより早く目覚めてしまった。そのぶん、髪の毛の手入れに時間を割いた。最近はずっと束ねていたが、せっかくなので丁寧に整えて髪を下ろすことにした。くせっ毛なので、しっかりストレートに形をつけないと、すぐに毛先が丸まってしまう。久しぶりにヘアアイロンを当てた。

　最後に鏡の中で首を左右に振りながら、髪の流れを確認する。時間をかけたぶん、毛先まで綺麗にまとまっていた。

「できた……」

　独り言を言いながら、私は鏡の中の自分を見つめた。そして、しばらくぼんやりと鏡の中の自分と向き合った末、うなじから髪を掻き上げた。くせっ毛の髪はどんなにブローしたって、しょせん綺麗なストレートヘアにはかなわない。私は髪を束ね、髪留めで一つにまとめ直した。

アパートを出ると、いつもの通勤経路で事務所へ向かうかどうかで少し迷った。パン屋の裏の道を通ることに気が引けたからだ。どうしてそう思うのか、自分でもうまく説明できなかったが、私は結局そのまま足を進めた。

今日が木曜日で定休日だったからではない。定休日であるにしろないにしろ、私が遠回りをする理由などないと思ったからだ。

私は大股で細い路地を歩いた。パン屋の裏手から正面に出ると、店のドアの前には『本日定休日』の看板が掲げられ、店はブラインドが下がったまま静まり返っていた。

私はそれを横目に隣のビルへ向かった。

「おはようございます」

「おはよう」

事務所のドアを開けると、同時に二人の返事が返ってきた。

「さすがに梅雨時は雨が続くね」

私が事務所に入るなり、坂上先生が窓の外を見ながら言った。

「そうですね……」

私も窓の外に目をやりながら返事をした。すると、いち早く窓から視線を戻した平岡さんと目が合った。

「……おはようございます」

「おはよう」

私たちは二回目の挨拶を交わした。その様子を見ていた坂上先生が不思議そうに私たちを交互に見た。

「二人とも、どうかしたのかな?」

坂上先生はコーヒーを口に運びながら、上目遣いに私を見た。

「い、いいえ、何でもありません。お茶、淹れ直しますね」

私は先生の目から赤みの帯びた顔を背けて流しに向かった。


「美織から誘ってくるなんて珍しいじゃん」

「ごめん、早上がりでもないのに……」

「いいよ。今日は残業も一時間で終わったし、友達が風邪で寝込んでて、彼氏もいなくて寂しがってるって言ったら、みんなが同情してたしね」

「もっと、まともな言い訳ないの?」

私は言いかけて、小さなため息を間に挟んだ。

「でも、あながち間違ってもないか。なんか、ホントに寝込んじゃいそう……」

「ちょっとどうしたのよ?」

「わかんない……」

　私は手のひらで顔を覆った。平岡さんからの告白を一人で受け止めることができず、弓子に助けを求めたのだ。

「何、何? 例の好条件の物件、もしや誰かに取られちゃったの?」

　私は顔を覆ったまま頭を振った。

「じゃあ、何よ? もしや、物件のほうから売り込んできたとか?」

　弓子はいつもの調子でからかうように言うと、「まさかね」と付け加えてビールグラスを傾けた。私は顔を覆っていた手のひらの指を開き、その隙間から黒目をのぞかせ、ため息をついた。すると、弓子が指の間をのぞき返した。

「……って、そのまさかなの?」

　私は観念してうなずいた。

「やったじゃん‼」

　弓子の声が店内に響いた。周囲の客がカウンターに座る私たちの背中をじろじろと見つめている。

「声が大きいよ。みんな見てるじゃない」

「だって、これがビックリしないでいられると思ってんの?」

弓子は私に顔を突き出し、「みなさん、お騒がせしましたー」と、振り返ってお詫びした。そして、すぐに身体を戻すと、隣にいる私の腕を掴んだ。

「で、付き合ってるの？」

弓子の問いに、私は細かく首を横に振った。

「どういうこと？」

弓子の眉間にシワが寄る。私は事情を説明をした後、再び大きくうなだれた。

「だから、私が言ったじゃない！　運命だって‼　いったい何を迷う必要があんのよ？」

私の煮えきらない態度に、弓子がやきもきしながら半分怒鳴るように言う。

「だって……まだ、そこまで気持ちが……」

「気持ちなんて後からついてくるからいいのよ。言っとくけど、こんな掘り出しものの物件、もう一生出てこないからね」

「また物件って……。もともと私の嘘が原因だし、まさかこんなことになるなんて……。

まあ、身から出たサビって言うんだろうけど」

私が肩を落とすと、弓子が身を乗り出して、横から顔をのぞき込む。

「嘘から出た実《まこと》。結果オーライじゃん。私だったら間違いなく跳びつくわよ」

「私は弓子じゃないの。それに……」

「それに？　それに何よ？」

弓子の口調が急に冷たくなる。そして、弓子はカウンターに肘をついて私を見た。

「ねえ、美織。前も気になったんだけど、その物件に踏み込めないのって、もしかして迷ってる物件があるからなんじゃないの？」

「そんなのないよ……」

「そう？　あ、前に言ってたパン屋さんとか？　もしかしてその店長さんが迷い物件なの？」

「店長さんのこと、物件なんて言わないでよね！」

「美織……」

「……ごめん」

私は前髪を掻き上げてうつむいた。他の客の視線も私の背中に突き刺さっているに違いないが、後ろを振り返る勇気もなかった。二人の間に沈黙が漂う。

「美織……それって……」

弓子は何かを言いかけて、その続きを振り払うように頭を振った。

「やめよっか。ごめん、なんか押しつけちゃったみたいで。美織ってばいい女のくせに今まで浮いた話も全然なくて、私一人でヤキモキしちゃっててさ。久しぶりにそんな話が聞けたからうれしくって、美織より私のほうが盛り上がっちゃった。ごめん、知ってのとおりおせっかいな性分で」

弓子はグラスの表面に滴る水滴を撫でながら寂しげに笑った。

「弓子……」

「美織は美織らしく、一番大切にしたいものを大事にすればいいよ」

弓子は顔を上げ、いつものように笑ってビールを飲んだ。

「ごめん。全然役に立てなくって。せっかく美織が誘ってくれたのに」

「ううん」

私は強く首を横に振った。

「弓子に聞いてもらってよかった。ホントだよ。ホントに……よかった。ありがとね」

弓子は鼻から息を漏らして笑った。

「ならよかった。じゃあ、これラストにして帰ろっか。明日も仕事だし」

「うん」

私たちはグラスに半分も残っていないビールで今夜最後の乾杯をした。

帰り道、私は事務所の前を通り、パン屋の横の路地を抜けた。もちろん、店には人気もなければ、パンの香りも漂ってこない。

そんな静けさに包まれた店を振り返り、私は彼の笑顔を思い出す。すると、妙に朝が待ち遠しくなってしまった。

翌日も天気予報を裏切らない雨模様だった。けれど、夕べ弓子に話を聞いてもらったおかげか、身体は軽い。いつもより十五分ほど早く目覚めたことがそのことを証明していた。私はそのままいつもより早く家を出た。

早起きは三文の徳と言うが、そんなことは期待していない。ただ、最近寝坊のことで坂上先生にもからかわれているので、たまには早く出社しようと思ったのだ。

しかし、私はパン屋が見える距離まで来た時、古い教えのありがたさを実感した。

「おはようございます」

店の裏にいた彼が私を見つけるなり挨拶をしてくれた。

「……おはようございます」

傘に打ちつける雨の音で、自分の声のほうが聞き取りにくかったが、挨拶を返すと、彼との距離を徐々に縮めた。私が店のすぐ裏まで行くと、スズメが数羽飛び立った。

私と彼は同時にそれを目で追った。

「パン屑があるのか、よく寄ってくるんですよ」

「そうなんですか……。賢いですね、スズメ」

「ですね。カラスはもっと賢いですよ。このゴミを狙ってますからね」

彼は手にしていたゴミ袋をダストボックスに押し込みながら笑った。私もそれにつられて笑い、彼に尋ねた。

「店長さんはお掃除ですか？」

「あ、いえ。ちょっとだけサボりです」

彼から意外な言葉が出たとは思ったが、もちろん冗談だ。

「霧島さん、こっちに入って。濡れますよ」

彼は裏口にある小さなひさしに私を入れてくれた。

傘を閉じる時、雨の滴が垂れて彼の制服を濡らしてしまった。私は傘を脇に置くと、ハンカチで彼の肩を拭いた。

「すみません」

「あ、大丈夫ですから」

「いえ、すみません。冷たいですよね？」

彼の肩から顔を上げると、目が合った。それほど長身ではない彼の目と私の目の距離はわずか十五センチほどの距離だ。

「すみません！」

二人で同時に後退ると、今度は二人ともひさしからはみ出しそうになる。そして、またお互い中央に身体を移動させた。

「何やってるんでしょうね。すみません、引き止めちゃって。時間、大丈夫ですか？」

「今日は早起きしたんで大丈夫です」

二人で道路側を向き、降りしきる雨を見つめる。

「とうとう梅雨入りですね」

「はい。入っちゃいましたね」

「梅雨時は湿気が多いんで、パンも機嫌を損ねるんですよ」

彼が笑顔を向けた。その笑顔に、一瞬雨音さえも聞こえなくなった。

「私の髪の毛と一緒です。今日はまとめてるんでまだいいほうですけど。雨の日は毛先が丸まってきちゃって……」

動揺した私はついどうでもいいことを口走ってしまった。自分の毛先をつまんだ指先の行き場に困り、毛先をねじって静かに手を下ろした。

変なことを言ってしまった……。返答に困っているのか、彼は無言のままだ。

「以前はこのくせっ毛が好きじゃなくて、毎朝必死にブローしてたんです。今はまとめちゃうんで、気にならなくなったんですけどね」

間がもたなくて、どうでもいい話だと思いながらも、同じ話題を苦笑いで締めくくった。すると、彼が静かに口を開いた。

「僕は……前より今の霧島さんのほうが好きですけどね」

その声は雨音に掻き消されそうになりながらも、私の耳にははっきりと届いた。聞き間違いかとも思ったが、聞き返すこともできない。身体の奥から熱がわき上がる。それと比例するように雨が激しさを増した。

「時間、大丈夫ですか？」

「……そろそろ、行きますね」

私は時間を確認することもなく返事をした。

「僕もそろそろ戻ります」

彼が微笑んでくれるので、私も笑みをつくる。きっと顔は真っ赤だろう。耳の先まで火照っているのが自分でもわかった。

「いってらっしゃい」彼がふんわり笑った。

「店長さんも……」

私は傘を開いてひさしから出て、彼は裏口の扉を開けた。

「早起きは三文の……」

私は独りでつぶやき、傘の柄を握りしめた。事務所のあるビルの前に着く頃には顔の火照りは落ち着いたものの、速まった鼓動はまだ治まっていなかった。

ビルの入り口で傘を閉じて水滴をはらった。階段を上り始めると、最初は軽かった足取りが徐々に重たくなってくる。乱れた鼓動が今度は胸を締めつける。自分の気持ちに気づきそうになりながら、私の理性が邪魔をする。

弓子にあんな風に言っておきながら、こんな状況で思い浮かぶのは、以前に彼女から投げられた言葉だった。

『もう〝好きな人〟なんて言ってられなくなるよ？　私の周りだって、恋人なんて探してないもん。探しているのは結婚相手だよ』

もう二十六歳。今から付き合う相手が結婚相手の候補になるのは自然な流れだろう。そんな中で、最近私のまぶたの裏に現れるパン屋さんの彼。パン屋どころか飲食店業界のことは何も知らない。だから私は、正直なところ、このまま気持ちだけで前に進んでいいのか迷っていた。

しかも今は平岡さんが想いを寄せてくれている。坂上先生を見ているので、平岡さんなら収入や将来を、それほどかけ離れることなく思い描くことができる。彼からの交際を断る理由など見当たらないような気がした。

世間知らずでいい子ぶっていた自分を反省した。これが弓子の言っていた気持ちと条件なんだと思った。もっと言えば、理想と現実だろうか。

事務所の前の傘立てに水滴をはらった傘を差し込む。柄の太いものが先生で、見慣れない長くて細身の傘が平岡さんのものだ。それを見つめて小さく唇を噛んだ。

先ほど晴れた心が朝に滴る雨で濡れていく。私は深呼吸をしてからドアノブに手をかけた。

「おはようございます」

「おはよう」

平岡さんの笑顔は梅雨には似つかわしくない爽やかなものだった。彼とは同じ職場で働く者同士、この件で気まずくなるのではないかと不安にもなった。しかし、そんな考えは子供じみた私のほうが一方的に抱いていただけだった。

返事を保留したままなのに、彼はそれまでと同じように優しく、頼もしく、いつも明るかった。そのことに加えて矢島専務からも連絡はなく、私はそれをいいことに、何もなかった頃の日常に戻ろうとしていた。

朝から降っていた雨は昼すぎには上がり、日中は青空になり切れない白い空が厚い雲をたたえたまま広がっていた。


こうしていつもと変わらない一日を過ごし、定時を迎えようとしていた。

「疲れた？」

向かいから平岡さんがデスクの上の書類棚の間から顔をのぞかせた。疲れているわけではない。定時間際にもかかわらず、今日中に仕上げるべき書類がまだ出来上がっていなかったのだ。

おまけに今日は水曜日なので、銀行勤めの弓子の早帰りに合わせて夕飯を一緒に食べる約束をしていた。いつも弓子が店を予約してくれるので、今日は私が気になっていたフレンチ店を予約していた。何とか約束の時間には間に合わせたい。私が気合を入れた拍子に漏らした鼻息を、彼はため息だと勘違いしたらしい。

「いえ、大丈夫です」

私が答えると、彼は「ならいいんだけど」と、手元の資料に目を落とした。今日はタイトなスケジュールで外回りをこなしてきた彼のほうが疲れているはずだ。

「コーヒー淹れましょうか？」

私がパソコンのキーボードから指を離して立ち上がると、「うん、ありがとう」と彼は疲れを隠して笑顔を見せた。

コーヒーを淹れると、こっそり買い置きしているチョコレートを一粒添えて彼に出した。

「ありがとう……。チョコレート？」

彼が一口大のチョコレートを指でつまんだ。

「平岡さんのほうが疲れてるんじゃありませんか？　疲れてる時には、甘いものがいいですよ。って、私は疲れてなくても好きですけど」

私の説明に彼は微笑むと、チョコレートの包みをほどいて口に入れた。彼は数秒間口の中でチョコレートを転がすと、コーヒーを一口すすって私を見た。

「効果絶大」

「そんなにすぐに効果ありますか?」

「あるよ」

「そうですか?」

「チョコレート効果って言うよりは、〝霧島さん効果〟だけどね」

彼が真顔で言うので私は赤面してしまった。その顔を隠すように資料に目を落とし、顔色が戻ったところで再びパソコンの画面に目をやった。けれど、すぐに私は顔をしかめ、首をひねった。疑問点があって、書類の作成に行き詰ってしまったのだ。

「霧島さん、何か困ってる?」

私の手が止まっていることに気づいた彼が声をかけてくれた。

「あ、えっと……。すみません、渡部《わたべ》さんの相続の件なんですけど、書類見ていただいてもいいですか?」

「もちろん」

「ありがとうございます」

私が椅子を引いて立ち上がろうとすると、「いいよ。俺が行くから」と彼がすばやく立ち上がって私の席までやって来た。そして、斜め横の坂上先生の席から椅子を移動させて私の隣に座った。彼は私の手元の資料とパソコンの画面に目をやると、すぐに状況を把握したようだ。

「誰にどれをどれだけ相続するかはわかってるね？　そっちの戸籍類を見せて」

「はい」

私が手渡すと、彼は書類に念入りに目を通し始めた。

「解釈としては間違ってないけど、大事な文言が抜けてるね。ここと……ここ」

彼は私の作りかけの書類に赤ペンで印とメモをすばやく記した。

「ここを見て」

彼が書類の束から重要なポイントをペンで指し示した。私は書類をのぞき込む。古い戸籍は手書きのものが多く、字の大きさもまばらで読み取りにくい。私は書類にさらに顔を近づけた。

「……あ、そっか」

「わかった？」

「はい」

彼の言っている意味が理解できて合点がいくと、私は明るく返事をしながら顔を上げた。

「あ……すみません」

私が謝ったのは、彼と顔が近すぎたせいだ。彼も私と一緒に書類をのぞき込んでいた。

「わかったならよかった」

焦る私をよそに、余裕の笑みを向ける彼に、私は顔の温度を上昇させる。こんな風に過剰に反応している自分に恥ずかしさが込み上げて、頬の赤みが増す。すると、よく聞き取れなかったが、彼は何かをつぶやきながら目をそらした。

「……まずいな」

彼は席を立ち、椅子を先生のデスクに戻すと、手のひらで顔を隠すように自分の席に戻った。

「わからなくなったらすぐに聞いてくれればいいのに。考えてる時間がもったいないよ」

彼は暑いのかネクタイを緩めながら言った。

「すみません。これくらい一人でできないとって思うと、考え込んじゃって……」

「何回も聞くうちにできるようになるから。一人で完璧を目指さなくていいよ」

「ありがとうございます」

「俺ももう少し気にかけるようにするから遠慮なく聞いて。そのほうがうれしいし」

彼はいつものように穏やかに言った後、珍しく少し慌てたように続けた。

「……あ、うれしいって言うのは変な意味じゃなくて、霧島さんの成長は坂上先生や事務所のためになるし、だからそうなってくれたらうれしいっていう意味だから」

「はい、わかってます」

私が微笑むと、彼も少し目をそらして微笑んだ。私はその後改めてパソコンと向き合い、書類を最後まで仕上げた。

「うん、これでいいと思う。霧島さん、のみ込み早いし教えがいあるよ」

「ありがとうございます。平岡さんの教え方が上手だからですよ」

私が言うと、珍しく彼は照れたようにはにかみ、書類を私に戻した。

「今日は、ホントは早く帰りたかったんじゃないの？」

「あ、いえ……そんなことないんですけど」

私は否定したが、彼は腑に落ちていない様子だ。

「時間……気にしてたでしょ？」

「……すみません。実は友達と食事に行く約束してるんです」

「友達と？」

「はい。あ、この間平岡さんが顔を合わせた友達です。平岡さんが店まで私を送ってくれたあの時の彼女です。弓子っていうんですけど」

私が返事をすると、彼は口元の力を抜いて微笑んだ。

「ああ、彼女か。彼女……この間俺のこと、何か言ってなかった？　おせっかいな男だとか」

「そんなこと全然。優しい人だねって……」

弓子の言葉なのに私の目が泳ぐ。

「そっか、その程度ならいいんだけど。ごめん、時間大丈夫？」

「あ、はい。もうそろそろ行かせてもらいます。いつも彼女のほうが遅れてくるので大丈夫ですけど」

「そっか、楽しんできてね」

そう言った彼の顔は満面の笑みだった。

「はい、ありがとうございます」

私はデスクの上を綺麗にすると、室内を簡単に片づけてから事務所を出た。外に出ると、雨は降っていないのに雨の匂いがした。お昼前後まで降っていた雨の残り香だろうか。それとも、これからまたひと雨くるのだろうか。

黒い空を見上げると、雨粒の代わりに生温い風が緩やかに吹いてきた。雨がやんで幾分気温が上がったようだ。湿気を含んだ空気は肌に絡みつき、シフォンブラウスが肌に貼りつきそうになる。私はブラウスのボタンの辺りをつまんで胸元に空気を送り込んだ。

そして、パン屋の明かりを見るなりふと思い立ち、店に寄って弓子へのお土産を買うことにした。

「いらっしゃいませ」

店に入るとカウンターにいた橋本さんが眉を上げて素敵な笑顔を見せた。

「今日は二回目ですね」

「すみません……」

「どうして謝るんですか？　こっちはうれしい限りです」

そう言ってもらえたので私は小さく微笑んだ。

お昼に買った照り焼きチキンサンドやチョコチップ入りのメロンパンはもう売り切れていた。私は運良く残っていたクルミ入りの食パンを一斤手に取った。これが弓子へのお土産だ。

「クルミ入り、珍しいですね？」

カウンターに載せると、橋本さんがレジスターを操作しながら言った。私は財布を開けながら、「友達へのお土産なんです」と説明して代金を手渡した。

「いつもありがとうございます。でも友達って、実は彼氏だったりして？」

彼女は小さく舌を出し、顔を斜めにして笑った。

「違います、違いますよ。ただの女友達です」

私が彼女の誤解を解きながら厨房を見ると、彼の姿はそこにはなかった。

「ホントですか？」

彼女は私をからかうように冷やかしの目を向けたが、私がもう一度「違いますよ」と返答するとやっと納得したようだった。そして、私に食パンの袋を手渡した。

私がパンを受け取って店を出ようとすると、彼女が「霧島さん！」と私を呼び止めた。

「どうしました？」

私が尋ねると、彼女は厨房の従業員にはわからないように自分の胸の前で私に手招きした。そして声をひそめて言った。

「霧島さん、今日も裏、通りますか？」

「……はい。そのつもりですけど。通らせてもらっていいですか？」

彼女の態度に私も一歩距離を縮めて小声になる。すると、彼女は首を横に振った。

「今日はやめといたほうがいいですよ」

「どうして……ですか？　あ、すみません。もしかして、私がいつも通ってたの、何か問題になったんですか？」

私が謝ると、彼女は頭を振って否定した。私が首を傾げると、彼女はカウンターの上から背中を丸めて私に顔を近づけた。私はそれに合わせて彼女のほうへ耳を傾けた。

「今、裏で店長……告白の真っ只中なんですよ」

「えっ？」

予想だにしない答えに私は言葉を失った。この場合、解釈の仕方は二通りある。彼が主体となって〝している場合〟と、それとは逆に受け身となって〝されている場合〟だ。

「ちょっと前に、お店に可愛い子が来たんですよ。店長、奥で電話中だったんで私が取り継いだんですけど、ここで少し会話した後、その子が店を出て行ったと思ったら店長も裏から出て行っちゃって」

どうやら正しい解釈は後者のほうだ。

彼女は再び裏口のドアに目をやった。それにつられるように私も裏口に目を向けたが、彼女に気づかれないようにすぐにそらした。

「店長、お客さんに告白されるの、初めてじゃないんですよ」

彼女は鼻から息を漏らして言った。

「そうなんですか……」

私は何と答えればいいのだろう。

「店長は誰にでも優しいから」

彼女は遠い目をしてため息をついた。いつも明るい彼女がそんな表情を見せたのは初めてのことだった。

「でも、客商売ですから当然ですよね？」

今度は彼女が私に疑問形の言葉を投げかけてきたので、私は答えざるを得なかった。

「そう……ですね」

「だから、お客さんが勘違いしちゃうんですよね」

彼女はいつもの笑顔を見せると、「今日は霧島さんが最後のお客さまですね」と言いながらレジスターの締め作業に取りかかった。時計を見るともう七時を数分過ぎていた。

「ごめんなさい。もう出ますね」

「いいんですよ」

その間も彼女は慣れた手つきでレジ締めを続け、最後に今日一日の売上を印字したレシートをレジスターから切り離した。

「霧島さん……」

「はい」

彼女が私の名前を呼ぶと、言いようのない不安が広がった。厨房では別のスタッフが二名ほど残っており、無言で片づけをしている。静まった店内に響く調理器具がぶつかる金属音は、どこか遠い彼方から聞こえてくるようだった。

「店長……しばらく恋愛はしないって言ってるんですよ」

彼女はレシートを手にして、数字を読み取りながらつぶやくように言った。

「どうして……」

最後まで言い終わらないうちに声がかすれて、言葉にならなくなってしまった。そして、どうして彼女がこんな話をするのか困惑した。

「店長ね、二年ぐらい前かな……痛い恋愛をしたんですよ」

彼女は積み重なっているトレイを一枚一枚拭き始めた。

「一年半くらい付き合った彼女がいたんですけど、その彼女、結婚を考えたいからって理由で別れたらしいんです」

彼女の言葉の意味がとっさにはわからなかった。頭の中で彼女の言葉を繰り返す。つい眉間に力が入ってしまい、その様子を見て彼女が付け加えた。

「つまり……店長とは結婚を考えていなかったってことです」

彼女の説明でやっと理解した。彼女もそれを私の表情から読み取り、そのうえで話を進めた。

「霧島さんみたいな仕事をしてたら、私たちの仕事って、どんな風に見えるんですか？」

「え？」

「朝は早いし、休みも少ないし。たぶんお給料だって安いと思う。店長は店を経営してるんだからプライベートもままならないし。たぶん、理解してもらうのって、難しいと思います」

彼女は拭き終わったトレイを、店の入り口の隣にあるトレイ置き場に運んだ。彼女が再びカウンターに戻ったところで、私は自問自答するように口にした。

「そうでしょうか？　価値観は人それぞれですから。私は素敵な職業だと思います」

すると、彼女は鼻で笑うように笑みをこぼした。

「素敵な職業か……。でも、霧島さん。自分の結婚相手に選ぶとしたら、素敵な職業って言えますか？　霧島さんの隣には弁護士先生がいるのに、比べたりしませんか？」

彼女は私の返事を待たずに続けた。

「店長には、そばで支えられる女性《ひと》が必要なんですよ」

彼女の言葉は、暗にそれが自身であることをほのめかしているようだった。そして、
彼女は肩を揺らして笑った。

「店長もいい加減、気づいてほしいんですけどね」

彼女と目が合うと、足がすくみそうになった。何か言葉を返そうにも、顔には強張った笑顔がへばりついて顔の筋肉が動かない。

その時、裏口から物音が聞こえてドアが開いた。

「終わったみたいですね」

彼女は私に小声で言うと、彼の元へ駆け寄った。

「帰ります」と言いそびれてしまった私は、困って食パンの袋を胸に抱えて顔を伏せた。

「店長、今日の売上はまずまずですよ。食パンがよく出ましたから」

二人で細長いレシートをのぞき込んでいる。

「で、今日の最後の一つを買ってくれたのが霧島さんです」

彼女の言葉に顔を上げると、二人が同時に私を見た。

「いつもありがとうございます」彼がいつものセリフを口にした。

「いえ……。遅くまでお店にお邪魔して、すみません」

彼の顔をまともに見ていることができず、私は視線を下に向けた。そんな私に彼はいつも通りの笑顔を向けていることだろう。どのお客さんにも向ける〝店長さんの笑顔〟を……。

彼が微笑んでいることを承知しながら、私は笑い返すことができなかった。

「失礼します……」

私は目を合わせぬまま頭を下げると、そのまま逃げるように店の外に出た。

「ありがとうございました」

後ろから響く二人の声はぴったりと重なり合っていた。

この場から少しでも離れたかった私はいつもの細い路地を小走りで駆け抜けようとした。しかし、すぐにその足を止めた。ストレートのロングヘアの女性が店の外壁に寄りかかったままうなだれていたのだ。

「すみません……」

私の気配に気がつくと彼女は囁くようにか細い声で謝り、狭い道をゆずるように私に背を向けて、細い身体を壁に密着させた。

「すみません……」

今度は私が謝り、背を向けながら彼女の横を通り過ぎた。私の背後で彼女の鼻をすする音がした。鼻をすったのは私じゃない。それなのに、鼻の奥がツンと突かれたように痛んだ。目頭が急激に熱を帯びる。

店の角を曲がる時、私は振り返った。彼女は壁に手をつくと、よろめきながら私とは反対方向に歩き出した。彼女が涙をぬぐっているのがわかると、私は静かに視線を落とした。

彼女の気持ちが彼に受け入れられなかったことに、安堵と落胆の両方の気持ちが同時に押し寄せる。彼女の姿が自分と重なって見えた。彼にとっては彼女も私も、同じパン屋の〝お客さん〟にすぎない。きっと、今まで彼が見せた笑顔も、お客さま用のものなのだろう。

きっと、彼にとってお客さんはみんな特別な存在に違いない。だからこそ、特別の中に〝特別〟はない。誰か一人が彼の特別の存在になることなどできないのだ。

私は店の裏へ抜け出すと、小走りで店から離れた。夏の始まりを予感させる熱気を帯びた空気が私にまとわりつく。私はそれから逃れるように、アパートに駆け込んだ。

私は床に座ってベッドに寄りかかり、弓子に断りの電話を入れていた。急に食欲がなくなり、出掛ける気分ではなくなってしまったからだ。私から誘った手前、メール一本で断るのははばかられた。

「ごめん、ちょっと身体がだるくって……」

「だるいって、大丈夫なの？」

「うん、たいしたことないから……。横になってれば大丈夫だと思う」

「夕飯は？」

「食欲ないから……」

「そっか、ならしょうがないけど。また、行こうね、フレンチ」

その優しい声に罪悪感が込み上げる。

「ごめん、弓子。私から誘っておいて……。実は帰りにね……」

「帰りに？　帰りに……何？」

「……帰りに弓子にお土産買ったんだけど、また今度ね」

「お土産？　お土産って何？」

「……パン」

「パン？」

「隣の……パン屋さんのくるみ入りの食パン」

「そっか……ありがと」

「また、今度になっちゃうけど、ごめん。じゃあ休むね……」

私は弓子との電話を終えると、無造作にスマホを床に置いた。約束を延期するほどでもなかったかもしれないが、足元から這い上がってきた空気は私の全身を鉛のように重くしてしまった。今はここから立ち上がるのさえ億劫だった。

嘘をついたわけじゃない。本当に身体はだるく、何も考えたくなかった。それなのにやっぱり脳内のスクリーンにはあの笑顔が映し出される。

私はシーツを掴んでベッドに這い上がり、そのままうつ伏せになった。目を閉じてもスクリーンの映像は変わらず、より鮮明になるだけだった。それを無理やり振り払おうとするものの、うまくいかなかった。意識すればするほど、脳裏の彼の笑顔は鮮やかさを増した。

どれくらいそうしていたのだろうか。インターホンの音で我に返った。すでに何度も鳴らされていたのだろう。気づいた時には、間を置かずに連続して鳴らされていた。

「誰？」

訪問者は一向にドアの前から立ち去る気配がない。私は怪訝に思いながらもベッドから起き上がった。物音を立てないように玄関まで行き、息をひそめてのぞき穴を見ると、目を見開いてこちらを見返す顔のアップが映った。

「弓子……」

私は慌ててドアを開けた。

「やっと出た。帰って来てそのまんま？　シワになるじゃない」

弓子は私の服装に目を留めたかと思うと、断りもなしに先に部屋に上がり込んだ。

「弓子、どうしたの？」

後を追いかけると、彼女はソファに腰を下ろし、笑顔で答える。

「お土産のパン、せっかくだからもらいに来たの」

「えっ？　あ、うん。わざわざ、ごめん……」

私はキッチンのカウンターに置いたままの食パンを彼女の前のテーブルに運んだ。

「これが噂のパン屋のパンね」

弓子は食パンを手に取ると、目の高さに掲げて意味ありげに笑った。

「そのままでも美味しいけど、クリームチーズと合わせて食べるともっとおいしいかも」

私は弓子の追及を回避するようにパンの説明をしながら、彼女の前に冷えた麦茶を出した。彼女はパンをテーブルに置き、代わりに麦茶のグラスを手に取った。そして、喉を鳴らして飲むと、私をじっと見つめた。

「なーんだ、思ったより元気じゃない」

彼女は安心したのか呆れたのか、大きく息を吐いた。私は思わず目をそらした。

「着替えもしないでふてくされてるのはこのパンのせい？」

彼女はもう一度食パンの袋を引き寄せて膝に置いた。

「別にふてくされてなんかないし」

「でも、私との食事を断るくらいダメージがあったってことか……」

「ダメージって……」

「ないって言える？　その顔で」

返す言葉もなく、私は降参してうなだれた。彼女は呆れているに違いないが、優しく微笑んだ。

「好きなんでしょう？　パン屋さん」

私はしばらくうつむいたままだった。そして髪を掻き上げながら、少しだけ顔を上げた。

「好きなのは……パンだもん……」

「ふーん」

弓子が少し考え込んだ様子を見せる。そして、つぶやくように言った。

「私、余計なこと言っちゃったかなぁ……」

そう言うと、彼女はソファの背もたれに身体を預けた。

「……何のこと？」

「探すのは結婚相手だの、条件だのって」

「ああ……あれ？」

「気にしてるんでしょ？　私が言ったこと。だからそんなこと言うんでしょ」

「そんなことないよ……」

「そう？」

彼女はすべて見透かしているようだった。私はしばらく押し黙った後、白旗を上げた。

「好きになっていいのかわからないの。パン屋さんの仕事なんてまったく知らないし……」

私がそう言うと、弓子は「やっぱりね」と肩をすくめた。そして、急に真顔になったかと思うと、「ごめん……」とポツリと言った。

「ごめんて……何が？」

「だから、探すのは結婚相手、なんて言っちゃってさ」

「ううん。私もあの後、自分で考えたの。弓子の言ってることも当然だって。弓子の意見は正論だよ。この歳になればなおさら」

弓子は私の言葉に小さく笑った後、眉を下げた。

「まあそうかもしれないけど、本当は私、美織のことがうらやましくなっちゃってさ」

「うらやましい？　私が？」

「そう」

「どこが？　弓子なんて結婚まで決まったのに」

すると、彼女は深く息を吐いた。

「結婚が決まったからかな……」

「どういうこと？」

「結婚するって決まったら、ホントにこのまま結婚していいのかな……って思っちゃったりしてさ」

「弓子……」

彼女からの突然の告白に、私は戸惑いを隠せなかった。

「あ、ああ、違うから。結婚したくないとか、そういうんじゃないの。彼のこともちろん好きだし」

私はそれだけ聞くと、とりあえず一安心した。

「でもさ……」

弓子は言いかけて天井を見上げた。

「結婚したら、もう恋なんてできなくなるじゃない？　私、今までいろんな出会いがあったのに、いつもその人の肩書とか条件とかばっかりに目がいって、ちゃんとその人を見てこなかったなぁって思って。そしたら、もっと違う恋愛があったのかもしれないと思うと、少し後悔っていうかさ……」

弓子の言いたいことは何となく理解できた。これがいわゆるマリッジブルーなのかもしれない。

「でも、彼と出会えたじゃない」

「まあね……。どっかの社長とか御曹司とか狙ってたんだけどね」

弓子はここでやっと冗談を交えて笑った。

「……だから、美織には自分と同じであってほしいなんて、勝手なこと思っちゃったの。結婚相手を探せってね。そうすれば嫌でも目がいくじゃない、条件ってやつに」

弓子は自嘲気味に笑った。

「でも、あの時すでに美織の中には、パン屋さんがいたのね」

「そんなことないよ……」

「よく言うわよ、毎日お店に顔出しといて」

私は返す言葉が見つからなかった。

「美織のそんな顔、初めて見た」

私が顔を伏せると、彼女は素面《しらふ》だというのに酔っぱらいのように私をからかい、まるでビールのように麦茶を喉に流し込んだ。

「でも店長さん、しばらく恋はしないんだって……」

私が静かなため息をつくと、弓子がそれをのみ込むような大きなため息をついた。私は彼女の視線に問い詰められ、今日の出来事を話した。すると彼女は私がすべてを話し終わらないうちに、呆れたように言った。

「何を言い出すのかと思ったら……それって店長さんが言ったの？　違うでしょ。まだ美織と店長さん、全然そんな話ができる関係じゃなさそうだもんね」

　弓子はつい先ほどまでの態度とは一変し、捲したてるように早口に言った。

「美織、昔から変な噂には振り回されたりしないのに、恋愛ってなると例外なわけ？　まあ、臆病になっちゃうのはわかるけどさ」

「だって……」

　さらなるダメ押しをされたようで、私は肩を落としながら唇を尖らせた。

　すると、弓子はまるで私の反応を楽しんでいるかのように、いつもどおりの笑顔になって言った。

「いいんじゃない？　ゆっくり行けば。焦ることないんだから」

　私は少し驚いた。彼女らしくない言葉だと思ったからだ。いつもの彼女なら「とっとと告白してきなさい！」とでも言いそうなものだ。だけど、きっと、これが彼女の本心なのだろう。

「うん、そうする……」

　いつもらしくない本心をのぞかせた弓子に、私も素直に返事をした。すると、それを待っていたかのように彼女はソファから立ち上がった。

「さーてと、お土産ももらったし、今日は退散するわ。あ、今度はフレンチ、おごってよね」

弓子は食パンの入った袋を目の高さまで掲げた。

「じゃ、愛しの君の腕前、味わわせてもらうね」

弓子は冷やかしながら言うと玄関に向かい、笑顔を残して帰って行った。

「またねー」と大きく手を振る彼女に、私は心から感謝しながら手を振り返した。

思いがけない親友の告白を受け、自分の気持ちにも素直になれた。だからといって、すぐに何かが変わるというわけではないが、私にとっては大きな前進だった。彼がしばらく恋愛をしないというのなら、私はただひっそりと彼を想っていればいい。今はそれでも構わないと思った。

同年代の友人たちが次々に結婚していく中、もしかしたら私にも運命の人が待っているかもしれないと、悠長なことを言っている年齢ではないのかもしれない。でも、そんな私の葛藤は親友がすべて解決してくれた。弓子が言ってくれたように、ゆっくり進もうと思った。

弓子が帰ると、急に空腹感が襲ってきた。私は着替えを済ませると、さっとパスタを作り、あっという間に平らげてしまった。その後、いつもよりのんびりお風呂に入ると、何もかも洗い流されてしまったかのように、上がる頃にはずいぶんすっきりした気分になっていた。

そのままベッドに入り、明かりを消した。暗闇で耳を澄ますと、外では雨が降り始めていた。


翌朝、目を覚ますと、雨は上がっていた。ただし空には、灰色の雲が広がっていた。朝食を済ませ、出勤の準備を終えると、私は事務所に向かった。傘の柄を腕に掛け、ブラブラさせながら歩いた。

歩きながらいろいろな想いが交錯する。中でも心を暗くしていたのは、矢島専務に嘘をついたままでいることだった。彼に嘘をついたことで何の関係もない平岡さんにまで嘘をつかせてしまった。

空を見上げると灰色の雲は先ほどよりもさらに増え、空を埋め尽くしていた。同じように、一つの嘘が新たな嘘を呼ぶことになり、このままではいつまでも負の連鎖が続いてしまいそうだった。そして何より、嘘をついていることで、私自身が自分を偽っているようで嫌だった。

そんな考え事をしていたせいか、足取りは重く、いつも以上に通勤に時間がかかっていた。ようやく前方にパン屋が見えると、一瞬、遠回りすることも考えたが、私はそのまま歩みを進めた。店の裏の半分開けた小窓からは芳醇なバターの香りが漂っていた。

それを鼻で浅く吸い込むと、小走りで店の横の路地を通り抜けた。

事務所に到着してドアを開けると、私は「おはよ……」と言いかけて、その場に立ち尽くしてしまった。

「な、何をやってるんですか？」

バッグの紐が肩から滑り落ちた。目の前では坂上先生と平岡さんが腕捲りをして、重いデスクを二人がかりで持ち上げていた。引っ越しさながらの光景だ。

「模様替えだよ」

平岡さんがデスクを持ったまま返事をした。

「平岡くんの提案なんだ」

二人がデスクを持って移動する。

「……あ、手伝います」

「いいよ、もうすぐだから。危ないから離れてて」

私は荷物を置いて二人に駆け寄ったが平岡さんに止められ、見ているしかなかった。

「何で突然、模様替えなんか……」

「俺が先生にお願いしたんだよ。俺と霧島さんの席を隣にしてくれるようにね」

「えっ、私と平岡さんの席を？　どうしてですか？」

首を傾げながら尋ねると、彼は私の席の横に自分のデスクを並べて「オッケーです」

と、先生に合図を送った。

「向かいの席だといろいろと教えにくいと思ったんだ。霧島さんだって、隣の席のほうがすぐに聞けるでしょ？」

「それは……そうですけど……」私はうなずきながら返事をした。

「だよね。だから席を変えてもらったんだ」

彼は私の返事に満足したように笑顔を見せた。そして、坂上先生が彼を援護するように補足した。

「そのほうが君に効率よく教えられるって言うからね」

「そうですか……」

その間にも、平岡さんは一人でせっせと動いて、荷物をすべてデスクの上に元どおりに整えた。そして、移動させたばかりの自分の席に腰を下ろした。

「霧島さん、今日から隣、よろしくね」

「こちらこそ……よろしくお願いします」

突然の席替えと彼の笑顔に戸惑いながら、自分の椅子に腰を下ろす前にコーヒーを淹れに流しに向かった。

コーヒーを淹れると、いつもとは異なった動線で、坂上先生、平岡さんにコーヒーを運んだ。最後に自分のぶんを持って席に着くと、私のデスクの位置は変わっていないのに、まるで自分の席ではないような違和感を覚えた。

「すぐに慣れるよ」

彼は何でもないことのように笑ったが、落ち着くにはしばらく時間がかかりそうだった。ただ、彼が言うように、質問しやすくなったのは事実だった。

「そこは重複して記載しなくていいんだよ」

「あ、はい。ありがとうございます」

彼が隣にいるおかげで、私の作業はほとんど止まることなく進めることができた。

「私は効率が上がってありがたいんですけど、平岡さんは逆に下がっちゃいますね……」

半日過ごして、思わずこぼれた率直な感想だった。

「そんなこと気にしてたの？」彼が可笑しそうに笑う。

「はい……」

「そう見えるかもしれないけど、モチベーションはかなり上がるからね」

「どうしてですか？」

すると、彼は苦笑いを浮かべ頬杖をついた。

「それ、聞く？」

しまったと思ったが遅かった。私は困って視線を泳がせる。

「霧島さんの顔がよく見られるからだよ」

彼の発言に私は背筋を伸ばしたまま硬直した。言うまでもなく、顔は耳の先まで赤く染まっていることだろう。

「隣っていいね」

さらに追い打ちをかけるかのような彼の発言に、私は手元に広げていた資料を一枚手に取って顔を覆った。

「あんまり見ないでください」

そう懇願するも、彼は私から視線を離さない。私がパソコンに顔を向けると、ちょうどデスクトップのデジタル時計が目に入った。

「そういえば、平岡さん、そろそろ出掛ける時間ですよね?」

「あ、ホントだ」

私はなんとか時間に救われ、彼を送り出すことに成功した。

一人になって書類の作成に勤しんでいると、間もなく坂上先生が帰ってきた。

「お疲れさまです」

「お疲れさま」

坂上先生は私から視線を外さずにそのまま席に着くと、鞄から書類を取り出しながら言った。

「ちょっと疲れてるかな？」

「えっ、私ですか？　いえ……少しお腹が空いただけです」

「そうか、遅くなって悪かった。もう少し早く帰るつもりだったんだけどね」

「いえ……まあ、先生の帰りを待ってはいましたけど」

「行っておいで。隣のパン屋だろ？　しっかり食べて午後からまたがんばってもらわないと。午後はほら、これを頼みたいからね」

坂上先生はデスクに積み上げた案件ファイルの表紙を手のひらで叩いた。たしかに、しっかりエネルギーを補給しなければならなそうだ。

「わかりました。先生はもう召し上がったんですか？」

「ああ、俺はもう済ませてきたから。最近はちゃんと食べてるんだよ。君と平岡君のおかげでね」

先生がおどけたように肩をすくめる。実際、ここのところ顔色もいいように感じた。

私は財布を手に事務所を出た。しかし、事務所は笑顔で出たものの、階段を下りる頃には足取りが重かった。ただ、鼓動だけは反比例するように速度を増していた。

意を決して店に入ったものの、「いらっしゃいませ」の声にいつものように元気に挨拶を返すことはできなかった。私は浅い会釈を返しただけで、トレイとトングを手に取った。

もっとも、「こんにちは」と声をかけられなかったことも、厨房の奥に目を向けることができなかったことも、今の時間帯に限っては何の不自然さもなかった。私がいつも来ている時間よりも早いため、店内は賑《にぎ》わい、スタッフは客の対応に追われていたからだ。

私は店内に列をつくる客に紛れて、うつむき加減でパンを選ぶ。この時間ともなると、人気のパンは次々とはけていく。きっと厨房ではオーブンをフル回転させてパンを焼いていることだろう。

空の商品棚を見て、そこにどんなパンが並んでいたのかわかってしまう自分に少し呆れながら、厨房が視界に入らないように注意して軽く店内を見回した。

幸い私の好きなウインナーパンはいつもの場所に並んでいた。数が揃っているので、きっとオーブンから運ばれてきたばかりだろう。香ばしいウインナーの香りと一緒に、どこか懐かしいケチャップの焦げた匂いが鼻をくすぐる。私は迷わずその一つをトングで掴んでトレイに載せた。

今日はどうにか厨房のほうに顔を向けずにパンを選びたい。私は商品棚と並行に横歩きしながら棚を見つめた。すると、突然、背後から呼びかけられた。

「いつもありがとうございます」

緩んでいた顔がその声に再び緊張して固くなる。私が振り向く前に、彼は私の隣へ天板を持ってやって来た。

「霧島さん、ウインナーパン、よく買ってくださいますよね？」

店長さんだった。彼は私のトレイを遠慮がちにのぞき込みながら微笑んでいた。心臓が最初に一拍大きく跳ねると、速いテンポで身体の内側から胸を叩く。私の返事を待つ間に、彼は天板のパンを少し離れた棚に並べ始めた。

「一番……好きなパンですから……」

遅くなった返事は唇まで伝わる鼓動のせいで少し震えた。店内には他の客もいるはずなのに、すべてのざわめきが消え、私には自分の鼓動の音しか聞こえなかった。

「ありがとうございます」

彼は笑顔を見せながら商品棚に残りのパンを並べる。私はうつむいたままパンが増えていく棚と、減っていく彼の天板を交互に見つめていた。そして、天板の上が残り一つになった時、彼が私に顔を向けた。

「霧島さん」

「はい……」

「僕から一つ、おすすめしてもいいですか？」

「あ、はい。ぜひ」

「この白パン。中にチョコクリームが入ってるんですけど、今焼きたてなので中のチョコがとろけてますよ」

「あ、じゃあ……それにします」

伏せた視線が自然と彼に向けられる。彼の話を聞くだけで口の中にチョコレートの甘い香りが広がっていくようだ。

彼は私の返事を聞くと、笑みをさらに深めた。

「よかった。お口に合うといいんですけど」

彼は天板から最後の一つを私のトレイに移した後、来店した新しい客に「いらっしゃいませ」と声をかけながら厨房へ戻っていった。

リング状の白い生地の中に詰められたチョコレートクリームがうっすら透けて見えていた。私はもう一度そのパンが並んでいる商品棚を見た。棚のポップには『天使の白パン』という商品名と『ただ今焼きたて』の文字が一緒に並んでいた。

目の前で別の客がそのパンをトレイに載せた。私はそれを横目に見ながら、精算途中の中年女性の後ろに並んだ。先ほどまで長かった列も、いつの間にか落ち着いていた。

「いつもありがとうございます」

レジには宮田さんがいた。彼女の笑顔に心が和む。彼女は私の番になると、カウンターに置かれたトレイを引き寄せ、いつものように無駄のない動きで手早くレジ打ちを済ませると、パンの包装にかかった。

「さすが、霧島さんですね。この白パン、新作なんですよ」

「やっぱり……」

宮田さんの言葉に私は思わずつぶやいた。見た記憶がなかったのは、やはり今まで棚には並んでいなかったのだ。しかし、月の途中で新作が出されるのは珍しい。

「霧島さんなら気づくと思いましたよ」

「あ、いえ……。店長さんがすすめてくださって」

今日の私はあんなにも彼の手元を見ていたにもかかわらず、目の前のパンが新作だということにも気がつかなかった。ぼんやりしていた証拠だ。

「新作、珍しいですよね？　いつも月初めに出されてるのに」

「そうなんですけど、店長が来月まで待てなかったみたいです。このパン、評判よかったら月替わりじゃなくて定番にしようって言ってるんです。よかったらまた感想を聞かせてくださいね。店長も喜びますよ」

「……わかりました。いただきますね」

宮田さんはパンの包装をしながら、微笑んでつぶやいた。

「このパン……白くてフワフワで……霧島さんみたいかも」

「……え？」

声にならない声が唇の隙間からこぼれた時、私と目が合ったのは正面の宮田さんではなく、奥から天板を持って現れた橋本さんだった。

「ね、橋本さんもそう思わない?」

「何のこと?」

「このパン、霧島さんのイメージだなって思って」

宮田さんは包装しかけの新作のパンを彼女に見せた。橋本さんは彼女の手の中のパンを見つめた後、視線をゆっくりと私に向けた。その目は冷ややかで、見つめられると、私の浅かった呼吸も、速度を増していた鼓動も止まりそうだった。

「ホント……霧島さんみたい」

彼女は独り言のように小さくつぶやくと、一転、笑顔を見せた。そして、「ごぼうパン、焼きあがりました」と声を飛ばしながら、天板を持ってフロアに出て行った。

私は彼女の背中を目で追いつつ、宮田さんからパンの入った袋を受け取った。そして、軽く頭を下げ、ひっそりと店を出た。


事務所に戻ると坂上先生が私の機嫌をうかがうように見つめてくる。

「今日は好みのパンは売り切れだったのかな?」

「そんなことないです。新作までいただきましたし」

「それならいいけど。ゆっくり食べるといい」

先生は私の顔から視線を外し、デスクに向き直った。私は二人分のコーヒーを淹れると、自分は昼食をいただくことにした。

最初に手にしたのはウインナーパンだ。彼の言うとおり、私にとってのロングセラー。迷った時や焼きたてが並んだ時には、ほとんどといっていいほどこれを手に取ってしまう。私の大好きなパンだった。

普段ほとんどレジに立たない彼がそのことを知っていたとなると、自分が多くの客の中の一人であることに違いないとは思いつつも、胸がざわつく。私はまずウインナーパンを味わい、次に新作のパンの包みを開けた。

白パンは表面の皮の焼き目がないので、生地が柔らかい。それが焼きたてなのでまるで綿菓子のようで、中からじわりとチョコレートが溶け出してくる。ふわりと柔らかくて、優しく甘い。

『このパン、霧島さんのイメージだなって思って』

宮田さんの言葉を思い出す。最後の一口を口に入れると、すぐに溶けてなくなってしまいそうで、ゆっくりと味わった。

「坂上先生、近いうちに矢島テクノスの矢島専務にお会いする機会なんて、ありませんよね？」

気づけば私はそんなことを口走っていた。

「矢島君？　矢島君がどうかしたの？」

先生は少し驚いたようで、のけ反りながら聞き返してきた。

「たいしたことじゃないんですけど、前回一緒にお食事した時、彼に嘘をついてしまったことが気になってて……。あ、つい先日も隣のパン屋さんで矢島専務にお会いしたんです。その時にも専務、そのことを話題にしてたので余計に……」

私が口ごもると、先生は「ああ、あのことか」と、思い出したようだった。

「そんなに気にしなくてもいいんじゃないかな？　彼も半分は冗談だったかもしれないし、君がそんなに気に病むことはないよ」

私の硬い表情とは裏腹に、先生は軽い口調で言った。先生にとってはたいしたことではないのはわかる。しかし、今の私にとっては重大なことだった。

「そうでしょうか……」

私がそれでも浮かない顔をしていると、先生は手にしていたペンをデスクに置いて言った。

「そんなに気になるなら、今度はこちらから食事にでも誘ってみようか？」

先生からの思わぬ提案に私は顔を上げた。

「君から積極的に彼に会いたいってわけじゃないんだろ？　ただ誤解を解いておきたい。

そんなところかな？」

すべてを察してくれた先生に、私は「はい……」と答えた。

「先生にまでご迷惑をおかけしちゃって、本当にすみません」

「いいよ。君のそんな顔は見てられないからね。実はこの前、矢島君からは連絡があったんだよ」

「矢島専務から連絡が？」

「ああ。食事の誘いだった。またいい店を見つけたからって言ってたけど、君の話を聞いてると、もしかしたら連絡があったのはパン屋で会った日かもしれないね」

「そうですか……」

矢島専務があの日以降に坂上先生に連絡をしてきたのなら、その意図はわからないが、こちらから食事に誘うのもそんなにおかしなことではないはずだ。

「じゃあ、連絡していいんだね？」

「すみません、お願いします」

私は深々とお辞儀した。

「日程は任せてもらっていいのかな？　何か予定があれば君に合わせるけど」

「いえ、特に何も。いつでも大丈夫です」

先生が私の予定を確認したのは意外だった。

「あの……」

「ん？　どうした？」

「今回は……二人だけでお会いしたいんです」

「二人で？」

私の提案がよほど予想外のものだったのだろう。先生の目が一回り大きくなった。

「はい。ちゃんとお伝えしたいことがあって」

「君をそんなに悩ませてたなんて、俺も悪いことしちゃったな」

先生は私の事情をうっすら察したのか、申し訳なさそうに眉を下げた。

「いえ先生は悪くないです。私だって最初はまったく気にしてなかったんですから」

もしも私が自分の気持ちに気づかなければ、こんな風には思っていなかっただろう。

きっと、なんとなくやり過ごして、時間が解決してくれるのを待ったはずだ。

「お詫びに、俺が店を予約しておくよ。前みたいな店ってわけにはいかないけど、君にとってはそのほうがいいだろ？」

「ええ、まあ、そうですけど……」

「じゃあ、決まりだ。日時と場所はまた連絡するから」

「よろしくお願いします」

私がもう一度頭を下げると、先生はデスクにあった案件ファイルを手に取り、「さあ、これを頼むよ」と仕事の顔つきに変わった。私もそれを受け取ると、気を引き締め直した。

　坂上先生はその夜、私に電話をくれた。矢島専務と日取りを決めるばかりか、言っていたとおり店の予約まで済ませてくれた。先生は私を励ますかのように冗談を交えながら明るく話してくれた。私は先生にほんの少し勇気をもらい、約束の土曜日を待つことになった。


　土曜日を迎えるのは怖くもあり、うれしくもあった。矢島専務の反応は怖いが、これで嘘から解放されると思うと、安堵の気持ちのほうが強かった。約束は午後七時だったが、朝から落ち着かなかった私は家のことを済ませると、休みにもかかわらず、午後から事務所に出向いた。

　事務所に着くなり窓を開け放って掃除を始めた。梅雨明けが近づいているのか、最近は晴れの日も多い。今日も青空が広がり、ここに来る途中にも、ベランダに干された布団を何枚も目撃した。

「私も干してくればよかったかな……」

　掃除機を途中で止めて、窓から見える向かいのアパートを見つめてつぶやいた。

　ひととおり掃除を終える頃には、額に汗が滲み、窓を閉めてエアコンを点けた。しばらく涼んだ後、パソコンの電源を入れて会計ソフトを立ち上げた。少し溜めてしまっていたが、こうやって集中して取り組めば効率よく片づけられる。私は領収書の束をデスクに広げ一枚一枚確認を始めた。

作業に疲れてくると、椅子から立ち上がり伸びをした。ふらふらと歩いて窓際に立つと、下の歩道を小さな男の子と母親の親子連れが隣のパン屋の袋を提げて歩いていた。その後ろから、部活帰りと思われるジャージ姿の男子高校生のグループがパンをかじりながら自転車で追い抜いて行く。そして今新たに年配の夫婦が店へと入って行った。今日も隣のパン屋は大繁盛のようだった。

今頃彼は大きなオーブンを背に、汗だくになってパンを焼いているに違いない。

「頑張って……」

窓に向かってつぶやく。そして、自分に言い聞かせるように付け加えた。

「頑張るのは、私……」

私は首を左右にゆっくりと倒し、肩を回して身体をほぐすと、再び席に着いてパソコンに向き直った。

集中力は少し欠いていたものの、思いのほか処理は進んだ。六時になって片づけを始め、戸締りをして事務所を後にした。

待ち合わせの店は私を気遣ってか、私の自宅と事務所の間にセッティングされていた。

一度自宅方面へ向かうため通勤経路を逆から辿る。

パン屋はブラインドが開けられていて、外から中の様子がわずかにうかがえた。トレイを持って店内を巡る客の姿がガラス越しに見える。パンを選ぶ客の顔は明るく、みんなが笑顔だった。

路地へ入り、裏口に差しかかった時、私は小さな声を上げて立ち止まった。彼が裏口から姿を見せたからだ。両手に段ボールとゴミを抱えてドアから出てきたところだった。

「あ、霧島さん」

「どうも……こんにちは。あ、〝こんばんは〟でしょうか」

「そうですね。こんばんは」

彼は自分が抱えているゴミに目をやり、照れくさそうに笑った。

「なんか霧島さんと会う時はほとんどゴミと一緒ですね。すみません、服もいつも汚れてて」

「そんなことないです。もうすぐ閉店ですもんね」

私はそう言いながら彼の服装に目をやった。今までこうやって向き合っても服装まで見ている余裕がなかったのかもしれない。こんな風に彼の立ち姿をまじまじと見つめるのは初めてだった。彼のトレードマークのワークキャップに、腰から下の黒いエプロン。そのエプロンは小麦粉で所々白く汚れていた。

「お疲れさまです」自然に口からこぼれた。

「霧島さんも、今日はお仕事だったんですか？」

「はい、片づけておきたい仕事があって」

「そうですか。お忙しいんですね」

「いえ……。おかげさまで仕事があるのはありがたいです」

私が言うと、彼も「そうですね」と笑った。

「片づけたいことは終わりましたか？」

彼がゴミを仕分けながら言った。私はその様子をぼんやりと見つめながら答えた。

「だいたい、終わりました。でも、やらなきゃいけないことがもう一つ残っていて
……」

「これからですか？　まだお仕事ですか？」

私は首を横に振った。

「いえ。でもどうしてもしなければならないことがあるんです」

彼と話しているうちに私はそう強く思った。

「……そうですか。頑張ってください」

「はい」私は肩にかかるバッグの紐を握りしめた。

「ここで店長さんにお会いできてよかったです」

その言葉に自分でも驚いたが、彼のほうはもっと驚いたようだった。

「ゴミの……おかげですかね」

彼は驚きと照れを交えながら冗談を言って微笑んだ。

「……ですね。じゃあ、すみません。行ってきます」

私はバッグの紐を握りしめたまま、彼にお辞儀をしてその場を後にした。

「いってらっしゃい」

彼の笑顔が私の背中をそっと押した。


「ごめん、待った?」

約束の時間を十分ほど遅れて矢島専務が到着した。私たちが待ち合わせたのはイタリアンの店だった。小さな店で外観も目立たないので、一見しただけでは通り過ぎてしまいそうな隠れ家的な店だった。

「いえ、大丈夫です。今日はお忙しいところわざわざすみません」

私が改まると、彼は「とにかく中に入ろうか」と、店の扉を開けて私に先に入るように促した。

「さすが坂上先生だな。こんな店を知ってるなんて」

奥に通された席に着きながら彼が言った。店内に個室はなく、ほぼ満席だった。店内の雰囲気だけでなく、テーブルで料理を囲むお客さんの表情も明るかった。

「ホントですね。先生、美味しいものには目がありませんから。いつもそういうお店を探してるんです」

店の柔らかな雰囲気が緊張を解いていく。私は彼に返事をしながら、別の意味でやはり先生はさすがだなと思った。

「坂上先生から連絡がきた時はビックリしたよ。君が会いたがってるって聞いたし」

私たちは料理を注文し、先に届いたワインで乾杯をした。

「すみません。わがまま言って」

「君のわがままならいくらでも聞きたいところだけど、どうしたの？」

私は膝の上で両手を強く握り、覚悟を決めた。

「あの……前に彼氏がいるって言っちゃったんですけど……あれ、嘘なんです。本当にすみませんでした」

頭を下げて彼の言葉を待っていると、私の頭頂部に笑い声が降りかかる。

「もしかして、それが言いたかったの？」

「はい……」

私がうなずくと、彼は届いた料理に手を伸ばしながら、意味ありげに含み笑いした。

「あ、でも、すみません、だから、彼氏はいないんですけど、専務とお付き合いとかは……すみません」

するとと、彼は堪えきれなかったのか突然吹き出した。

「ごめん、ごめん。でも可笑しくって。もしかして俺の言ったこと、本気にしてた？」

「……え？」

「ごめん。ちょっとからかっただけだったんだけど」

私は返す言葉をなくし、ただ彼を見つめ返した。

「霧島さんて、ちょっと周りにもいないタイプだし。坂上先生が君を振り向かせるのは無理かもしれないなんて言うから、余計に試してみたくなってさ」

まるでキツネにつままれるような話だった。

「必死に嘘ついてる姿も可愛かったけど、その嘘も下手だし」

彼は笑いを押し殺して続けた。

「パン屋で君の〝彼氏〟と会った時、確信したけどね」

しばらく、私は言葉を失っていた。彼がその様子を楽しむように、黙ったままじっと見ているので、ようやく口を開いた。

「〝確信〟って……どうしてですか？」

「どうしてって、そういう空気、全然なかったから」

「空気……」

「そう。って言うか、やっぱ霧島さん可愛いね。そういうところ」

「そんなことないです……」

私がうつむいて頭を振ると、彼のため息とともに思いもしない言葉が耳に飛び込んできた。

「彼女にも少しでいいからそんなところがあれば可愛いんだけど」

「えっ、彼女?」

彼が何を言っているのかわからず、思わず聞き返してしまった。

「俺の」

「矢島専務の……彼女ですか?」

混乱する私をよそに彼は平然とうなずいた。

「いずれは坂上先生にも報告するつもりだったんだけど、まあ、ほどほどの相手が見つかったってことで。〝結婚を前提に〟ってやつ」

私は呆気《あっけ》にとられた後、状況を把握して真っ赤になった。あの食事会から始まった一連の嘘は、彼にはとうにばれていたのだ。

「どんな方なんですか?」

動揺する自分をごまかすために、話の流れに乗って私は尋ねた。すると彼は「君と違って気が強くてわがまま」と笑った。

「開業医の箱入り娘で、一人じゃ何にもできないらしいけど、これから必死に花嫁修業をするんだとか。まあ、専業主婦になりたいらしいし、俺も一緒になるなら家に入ってくれる人がよかったから、お互い条件が合ったたってところで話が進んだってとこかな。わかるでしょ？　大人の事情ってやつだよ。現実的にいかないとさ」

〝条件が合った〟――。彼の裏表のない性格は長所だと思うのだが、こんな風に赤裸々に言葉にされると困惑する。しかし、私は彼の選択を否定できる立場にはなかった。

彼も弓子が言っていたとおり、〝好きな人〟を探していたわけじゃない。〝結婚相手〟を探していたのだ。私なんて最初からその対象にもなっていなかったのだ。

私は心の中で「バカみたい……」とつぶやきながら、下がり続ける口角を無理やり上げるのに必死だった。その後の会話はほとんど彼の独壇場だった。話題はもちろん彼女のことだ。機嫌良く話す彼に合わせて時折相づちを打つと、彼は満足げにその先を続けた。

散々のろけ話を聞かされた最後に彼が言った。

「また坂上先生と三人で食事をしよう」

前回の時とは打って変わった彼の態度に、告白もしていないのにフラれたような気分になった。別れ際、彼の背中を見送りながら急に可笑しさが込み上げて、声を出して笑ってしまった。

自分がとてもマヌケに思えたが、それほど落胆もしていなかった。本日中にしなければならないことを終えることができたのだから……。

翌日は私の心を映し出すかのような青空が広がっていた。もうすぐ梅雨明けして本格的な夏がやってくる。

「何かいいことでもあったの？」

私が席に着くなり、先に出社していた平岡さんが言う。

「いえ、特別何も……」

いったん否定したものの、私は顔のほころびを隠せない。

「本当はちょっとだけ……たいしたことないんですけど」

私がそう言い直すと、彼は「そっか」と小さく漏らし、どこか歯切れの悪いまま正面を向いた。

私が案件ファイルを開き、中の資料を取り出していると、彼がパソコンの画面を見ながら独り言のように言った。

「今日……夕飯一緒にどうかな？」

彼の手元でマウスがカチカチと音を鳴らしている。

「今日……ですか？」

私がためらったことに深い意味はない。単に二日も続けて外食することなどめったにないからだった。

するとと、彼はパソコンの画面から視線を外し、私に顔を向けた。

「ダメかな?」

「……いえ、大丈夫です」

思いがけない彼の真剣な表情に、それ以外の返事をすることができなかった。


その夜、私は平岡さんとの約束を果たすべく、ダイニングバーで彼と夕食を共にしていた。彼はテーブル席が空いているにもかかわらず、カウンターに席を取り、私たちは日中のように隣り合わせで並んでいた。

「向かい合わせよりも近くで話せるから」

そう微笑む彼の肩と私の肩の距離は昼間より近い。その距離に照れながら「そうですね」と、伏目がちに返事をした。料理を注文し、ほんの少しのアルコールをプラスした。

最初はたわいもない話から始まった。大きな会社ではないので、私には同僚や同期と呼べる仕事仲間がいない。細かいことをいちいち坂上先生に相談していては、先生の手を煩《わずら》わすことになるので、仕事関連の相談をできる唯一の相手が平岡さんだった。

アルコールに助けられ、私はぽつりぽつりと仕事で感じている疑問や不安を話した。

彼は面倒がる様子もなく、一つひとつ丁寧に答えてくれた。

「なんだか、今さらこんなこと聞いてて恥ずかしいですね」

私が自嘲気味に言うと、彼は首を振る。

「うやむやにしてるよりずっといいよ。そういう向上心の強いところ、俺は好きだな」

彼はグラスを片手に何げなく言った。私は照れてうつむいたが、髪の毛を後ろでまとめているので、顔を隠すことはできない。その横顔を彼が首を傾けながら、隣から見下ろした。

「俺も、もう……うやむやにしておきたくないな」

そして、今度ははっきりと私の顔をのぞき込む。

「俺、やっぱり君が好きだ。ちゃんと付き合いたいと思ってる」

彼の真剣な言葉に私はグラスから手を離し、膝の上で拳《こぶし》を握った。平岡さんはいつだって誠実で優しい。だからこそ、私も真剣に答えなければならない。

「すみません。私……」

一度は決意したものの、先が続かない。自分のもどかしさに唇を小さく噛んだ。その唇にほんの数ミリの隙間をつくるのに、全力を振り絞らなければならなかった。

「私……好きな人がいるんです」

「好きな人？」

彼は平静を装っているのか、あまり表情を変えない。

「はい……」

「そっか……。どんな人か、聞いてもいい？」

「どんな人って……私もよくわからないんですけど……」

「わからない？」

「私、その人のこと、あまりよく知らないんです」

彼は呆気にとられたように私を見つめた。

「よく知らない人のことが……好きなの？」

「いえ、そういう意味じゃないんですけど……」

うまく言えずに少し焦る。私は横になびいてもいない髪の毛を、耳に掻き上げるしぐさをした。

「知っていることは、早起きで……少し照れ屋で……優しくて……いつも笑顔で……」

そして、パンを焼ていること……。

「だけど、それしか知らないんです。名前も、年齢も」

「名前も知らないの？」

彼はさらに驚いたのか、今度は眉間にシワを寄せた。

「はい……」

私が知っているのはパン屋の店長さんだということだけだ。彼のことは〝店長さん〟としか知らない。いつもそう呼んでいる。

「わかんないな……」彼はそう言ってグラスに口をつけた。

「そういうのって、好きって言うのかな？　中学生や高校生ならまだわかるけど……。ごめん、こんな言い方して。でも、ホント、よくわからなくって」

彼は首を傾げながら前髪を掻き上げた。

「この前の彼女、君の友達だっけ？　彼女は結構現実的な感じの人に見えたけど」

彼が言っているのは弓子のことだ。

「たしかに彼女は現実的だし、最初は彼女にも全然理解してもらえませんでしたけど」

「まあ、そうかもしれないよね。正直俺もよくわからないよ」

「……そうですか？」

「普通はそうじゃないかな」

「でも、弓子……その友達は今は応援してくれてます」

「彼女だって友達がどうしてもって言うなら、応援せざるを得ないよ、きっと。それが本意じゃなくてもさ」

「そんなことないと思いますけど……」

「俺にはわからない。名前も知らない相手を好きになるなんて」

彼は再びグラスに口をつけ、頭を振った。彼の言葉に怖気づきそうになりながら、一方で、私の中に憤りにも似た感情がわき上がっていた。そして、それは私を別人のように変えた。

「名前を知らなかったら、好きになっちゃダメですか？」

彼は突然の私の主張に一瞬怯《ひる》んだ様子を見せた。

「そんなことないけど、あまり現実的じゃないかもって思っただけ。もう、いい大人なんだし」

「でも……平岡さんも言ってくれたじゃないですか？」

「何を？　俺、何か言ったっけ？」

「私のこと、会う前から……好きになってくれてたって……」

「……あ、ああ、それか……」

「平岡さんこそ、私のこと何も知らずに……」

「それは、先生に人柄をよく聞かされてたからだよ。名前だって知ってたし」

「名前って……そんなに重要ですか？」

「え？」

「その人とはそれほどたくさん話したことはありませんけど、でも、その少ない会話や彼の素振《そぶ》りから、彼がどんな人柄か少しはわかってるつもりです」

「霧島さん……」

「すみません……」

つい口調が強くなってしまった。

「あ、いや、俺こそごめん……」

二人の間に、今まで感じたことのない気まずい空気が流れた。

「俺じゃ……ダメかな？」

彼は半分あきらめたように小さく笑った。

「霧島さんは忘れちゃったかもしれないけど、前に言いかけたことがあって……。俺、将来はやっぱり独立して自分の事務所を持ちたいんだ」

彼は私に何かを訴えかけるように話した。

「その時には、霧島さんが一緒にいてくれたら……なんて思ってたんだけど」

彼の話は私の胸の奥を思い切り締めつけた。彼の描く未来に私が存在していたことに驚きながら、彼の気持ちの大きさと真剣さに胸を打たれる。返事をする私にも相当な覚悟と責任が必要だった。

「平岡さんは、私にはもったいないくらい素敵な人です」

事実ではあるが、この言葉だけでは、彼の気持ちに十分応えたとはいえない。

「そう思ってくれてるのにダメなの？　その人とうまくいく保証なんてないのに」

平岡さんは非の打ちどころのない人だ。周りだってうらやむほどの人だと思う。けれど、私はためらわなかった。

「ごめんなさい。平岡さんとはお付き合いできません」

私は拳を握りしめて頭を下げた。

「そっかぁ……」

彼はそう言って大きく息を吐き出すと、手にしたグラスをしばらくの間、見つめていた。やがて、笑顔を見せながら、彼は男らしい大人の対応を貫いた。

「じゃあ、仕方ないね。プライベートでも、隣にいてほしかったけど」

それが作り笑いであることは、初めて見る彼の寂しそうな瞳が物語っていた。

「ごめんなさい」

「もういいって。そんなに謝られると悲しくなる。俺を選ばなかったこと、後悔するかもしれないけどね」

彼はおどけるように笑い、私の目には涙が滲んだ。自分が本当に正しい道を選んでいるのか不安になる。彼の言うとおり、店長さんとのことはどうなるかわからないし、うまくいく可能性なんてないのかもしれない。

平岡さんからの告白がパン屋の彼と出会う前であればどれほどよかっただろうか。私は何の迷いもなく返事をして、弓子にだって自慢していたかもしれない。

けれど、自分の気持ちに気づいてしまった今、それを偽ることはできない。決して迷いがないわけじゃない。私はこの先、今日の選択を後悔するかもしれない。しかし、そうなったら、そうなったで仕方のないことだ。先の後悔を案じるよりも、今、後悔しないことのほうが重要だ。彼への想いを否定することはできない。

「霧島さんのそういうところも好きなんだけどな」

彼は明るい声で言った。何も言えずにうつむく私に彼は再び笑いかける。

「ごめん、女々しくって。こんなんじゃ今より嫌われるよね」

「嫌いなんかじゃありません！」

「でも……『好きじゃない』んだよね？」

「それは……」

「嘘だよ。ごめん。一つ聞いてもいい？　その彼のこと」

私は不思議に思いながらもうなずいた。

「彼、俺よりイケメン？　あ、俺がそうかどうかは別として」

彼の微笑みに思わず私にも笑みがこぼれた。傷ついていないはずはないのに、彼はそんな素振りを見せないどころか、自分をだしにしてまで二人の間に生まれた沈んだ空気をいつもどおりの空気に変えてしまった。

「平岡さんはイケメンですよ」

「そう？　彼は？」

「彼は……イケメンって感じじゃないんですけど……」

「お、言うね」

「あ、違います。そういう意味じゃなくて。私がカッコいいなって思うのは、そういうところじゃないですから」

「それはそれで悔しいけど、でも、君が選んだ人だから確かなんだろうね」

彼はそう言ってまた微笑んだ後、「もう一杯だけいい？」と言い、私がうなずくと店員に同じものを注文した。

「今までフラれたことなかったんだけどなぁ」

彼のセリフは決して嫌味には聞こえなかった。

「平岡さん、モテそうですもんね」

「モテても肝心な人に振り向いてもらえないんじゃね」

彼は「嘘、嘘」と笑い、私をふざけて睨んだ。

「霧島さんもフラれたことないでしょ？」

「そんなこと……」

「ないくせに」

「それは……」

恋愛経験も豊富とは言えないうえに、いつも受け身で、自分から告白したこと自体がないのだ。

「ってことは、霧島さんには俺の気持ちはわからないんだ」

彼はわざと子供のように唇を尖らせた。だから私もつい笑ってしまう。

「その気持ち、もうすぐわかっちゃうかもしれませんけどね」

「じゃあ、最後にもう一つだけ。もしも、それがわかっちゃったら、何もためらわないで俺のところに来てほしい」

私は首を横には振らなかった。ゆっくりとうなずくように微笑み返すと、彼は本当にそれを最後に仕事の話に話題を変えた。そして、私たちはしばらくして店を出た。

彼のグラスには、最後におかわりした無色の液体が半分以上残っていた。

第三章　好きな人

平岡さんに最初の告白を受けた時から、どんな結果を迎えるにしても、同じ職場の仲間としての関係性にひずみができないか不安だった。しかしあの夜以降も、彼はそれまでと同じように私の隣に座り、それまでと何も変わらずにいてくれた。

だから私は彼の優しさと強さに誠実に応えようと思った。仕事のうえでは良い関係を築き、一緒に坂上先生を支え、そして彼が独立するまで応援しようと思った。

一方、私は今さらになって気づかされた。矢島専務や平岡さんとの関係ばかり心配してきたが、問題の核心は自分自身にあったことに。

彼らへのわだかまりがなくなると、私の心の中は必然的に店長さんのことで埋め尽くされていった。弓子にはゆっくりいくよと言ったものの、胸の中が彼一色になると、溢れ出る気持ちを抑えられず、私は困惑していた。

パンを買いに行く時も、前とは少し違う感覚だった。正午を回ると、空腹感とは無関係に、落ち着かなくなっていた。彼は相変わらず私が行くたびにオーブンの前の定位置でパンをこねたり、オーブンからパンを取り出したりと忙しく動いていた。店に入るなり目が合うのは以前と変わらないが、その時の私の鼓動はトレイを持つ手が少し震えるほどだった。

「霧島さん、こんにちは」

食パンの塊をスライサーでカットしながら宮田さんが出迎えてくれた。

「こんにちは。今日は暑いですね」

「もうすぐ梅雨明けですからね。お店の中も日に日に暑くなってきますよ。オーブンの前なんてほとんど地獄」

彼女はスライスされた食パンを袋に入れると、視線を厨房の奥のオーブンに向けた。オーブンの正面で作業をするのはもちろん彼だ。

「店長、すでに夏バテですよ」

「もう夏バテですか？」

「あそこ、とっくに真夏ですもん」

彼女は今まさに彼が立っている場所を指して笑った。

私が彼を見ると、彼も私を見つめていた。私はとっさに口パクで「大丈夫ですか？」と尋ねた。正面から顔を合わせた私たちの間は、そこだけ異次元のように不思議と彼の姿しか目に映らなかった。

するとと、彼は私に向かって微笑みながら、「大丈夫です」と口元を動かした。胸の奥に言いようのない感情が広がっていく。実際に近くで会話を交わすよりもずっと照れくさく、心が高鳴った。

私がもう一度彼に視線を向けようとすると、それを遮るように厨房から橋本さんが天板を抱えてやって来た。

「こんにちは」

彼女の声に突然二人の空間が破られ、私は我に返った。そして、私が遅れて返事をすると、彼女はまだ熱気を放つ天板を私に向けた。

「天使の白パン、焼きたてですよ」

「あ……」

このパンはあれから私のお気に入りになっていた。もちろん、焼きたてとあらば今日の一つ目は決定したも同然だった。私が感嘆の声にも似た声を漏らすと、彼女は明るい笑顔を見せた。

「このパン、人気なんですよ」

「わかります。すごく美味しいですから」

「でしょ？」

彼女は得意げに笑った。最近見る彼女の笑顔で一番の笑顔だ。そのことにうれしくなり、私も彼女に笑顔を返す。

「霧島さん、見てくださいこれ。私が作ったんですよ」

彼女は天板いっぱいに並んだパンを誇らしげに見せた。

「橋本さんが？」

「そうなんです」

「橋本さん、パンも作られるんですか？」

彼女はてっきりフロアの担当だと思っていたのだ。

「前から興味があって少しずつ教えてもらってたんですけど、最近はさらに早起きして店長に教えてもらってて、やっと、お店に出してもらえるレベルになりました」

彼女は自分が作ったパンを愛おしそうに見つめた。

「霧島さん、食べていただけるんでしたっけ？」

「あ、はい。もちろんです。橋本さんが頑張った成果、心していただきますね」

私が微笑むと、彼女は天板からパンを掴みながら笑った。

「私と店長の苦労の結晶です。私に教えるのに店長も苦労してましたから」

彼女は私のトレイにパンを載せた後、後ろを振り返って彼を見た。

「ねっ、店長？」

突然声をかけられた彼は何のことかわからない様子で、きょとんとしたまま曖昧に何度かうなずいた。その反応に彼女がクスクスと笑った。

私は自分の顔が曇るのがわかった。誰かの笑顔を見て顔を強張らせるなんて、自分が嫌な女に思えた。すぐに笑顔をつくったが、うまく笑えていないような気がした。

「このパン、美味しかったって、橋本さんから店長さんにも伝えていただけますか」

「店長にですか？」

「はい。感想……お伝えするつもりでいたんで」

新作が出るたびに、私が彼女や宮田さんに感想を伝えるのは今までも何度もあったことだ。ただ一つ、この時、彼女が私の言葉に引っかかったものがあるとすれば、〝店長さんに〟と加えたことだ。自分自身、驚きの発言だった。

「……わかりました」

この時、彼女は一瞬厨房を振り返ったが、彼は別のスタッフと話をしていてこちらを見ていなかった。

「後で伝えておきますね」

彼女はそう言うと、天使の白パンを並べに商品棚に向かった。私も他のパンを選びに手前の棚から眺め始める。すると、パンを並び終えた橋本さんと入れ違いに、今度は宮田さんが厨房からやって来た。

「カレーパン、揚げたてでーす」

弾けるような彼女の声に、多くの客が彼女の天板に目をやった。さすがに人気商品だけあって、彼女が陳列用のバスケットに置くなり、一つ二つとなくなっていく。一人で何個もトレイに載せる客もいた。

「すごい人気ですね」

彼女に話しかける時には、肩の力が少し抜けた。

「店の一番人気ですからね。霧島さんもよかったら……」

彼女はそこまで言うと、「あ」と、小さく漏らした。

「辛いの……苦手なんでしたよね？」

「すみません」

私は首をすくめながら苦笑いした。すると、彼女は私とは反対に口角を思い切り上げた。

「来月の新作、楽しみにしててくださいね」

彼女の笑みはどこか意味ありげだった。

「もちろんです。毎月楽しみにしてますから」

私は彼女に答え、トレイの上に二つパンを載せたところで、レジで精算を済ませて店を出た。外からガラス越しに厨房に目をやると、彼の代わりに彼を見つめる自分の姿が目に映った。

彼女はパンの感想をきちんと彼に伝えてくれるだろうか。そんな疑念が一瞬頭を過るが、思い直す。彼女は店のスタッフとしてきっと伝えてくれるはずだ。

しかし、少しばかり後悔していた。勢い余って彼女に頼んでしまったが、本当は彼に直接伝えたかった。彼の笑顔がまぶたに浮かぶ。胸が締めつけられ、鼓動が高鳴った。


忘れかけていた懐かしい感覚は日に日に強まり、彼への想いは膨らむ一方だった。それを自覚し、この気持ちに揺さぶられながら数日を過ごすと、急に弓子に会いたくなった。そういえば、この前、キャンセルしてしまった時、次は私が夕飯をおごると約束したのだ。

早速連絡を入れると、彼女は待ってましたとばかりに約束を快諾《かいだく》した。電話口で彼女から「美織から連絡してくるなんて、彼とうまくいってるんだ？」とからかわれたが、うまくいくも何もまだ始まってもいない。ただ、話を聞いてもらいたかっただけだ。彼との距離が少しずつ縮まりつつある予感を誰かに話したかった。

約束したのは土曜日。今回は私の家で料理を作って、ゆっくり飲むことにした。〝おごる〟といった手前、私が一人で調理するはめになるのは間違いなかった。

前日の金曜日、私は定時過ぎからの来客に対応し、相談にも同席した。やっと依頼人を送り出して時計を見ると、十九時を過ぎていた。片づけを終え、いつものように私が一番先に事務所を出た。夕方まで降っていた雨はすでにやんでいて、辺りには息苦しいほどの熱気が漂い、露出した肌がべたついた。

もう隣のパン屋は閉店している時間だ。ブラインドはすべて閉められ、その隙間からオレンジ色の明かりが漏れていた。彼も一日の仕事を終えて、一息ついている頃だろうか。それとも、片づけや明日の準備でまだ忙しなく動いているのだろうか。

私は店の中の彼を想像し、ブラインドをスクリーン代わりにして、そこに彼の姿を映し出した。

もしも彼が掃除をしていたとしたら裏口で会えるかもしれない。私は淡い期待を抱きながら、ゆっくりと店の横の路地に入った。子供じみた運試しの心境だった。

耳をそばだてながら静かに進んだ。少し行くと人の気配を感じて、店の裏に出る直前で私は足を止めた。もちろん、真っ先に頭に浮かぶのは彼の姿だ。

しかし、ほころびかけた私の顔が凍りつく。彼以外の存在を感じたからだ。

「付き合えないって、私じゃダメですか？」

聞き覚えのある声だった。それが橋本さんだと気づくのに時間はかからなかった。私は口元を手で覆いながら息を止めた。気配を殺してそのまま後退ろうとするが、脚がすくんで動かない。その場に立ちすくんだまま、黒目だけが忙しなく揺れて視点が定まらなかった。

その間にも無防備な耳に彼女の声が流れ込む。

「店長、好きな人……いるんですか？」

それに対する彼の返事は聞き取れない。

「……もしかして、霧島さんですか？　店長、彼女のことが好きなんですか？」

その言葉を聞いた瞬間、心臓が早鐘を打つ。答えを聞きたい半面、早々にこの場を立ち去りたかった。彼の返事を聞いてしまったら、何もかも終わってしまうような気がしたからだ。

私が何とか身体の向きを変えると、まるでその背中に掴みかかるように彼女の言葉が背後から追ってきた。

「彼女には店長を支えるなんて無理ですよ。きっと前みたいにまた辛い思いをするだけじゃないですか！」

私の手が震える。彼女の声も震えていた。

「私、店長のそういう姿、もう見たくないんです。そんな辛い思い、私ならさせないのに……」

少し間があった。小声で聞き取れないが、一言、二言、言葉がかわされているようだった。彼は「ありがとう」とでも言ったのかもしれない。そして、次の言葉が私の耳に飛び込んできた。

「彼女に支えてもらおうなんて思ってないよ」

先ほどまで破裂しそうなまでに膨張していた心臓が、空気の抜けた風船のように一気にしぼむ。同時に鼓膜までその機能を失ったかのように、その先を聞き取ることはできなかった。

私はよろめきながらその場を離れた。身体に力が入らず、顔から血の気が引いていく。店から姿を見られないところまで離れたところで、ようやく立ち止まった。頬を一筋の涙が伝う。そして、夜空を見上げながら、自嘲するようにうっすら笑った。弓子になんて報告すればいいかわからなかったからだ。

彼に対する二度目の失恋。けれど、今回ばかりは弓子もわかってくれるだろう。いい報告はできないにしても、一緒にヤケ酒くらいは飲んでくれるはずだ。もちろん、私がお酒を飲むような気になればの話だが……。

重い足取りと、遠回りのルートのせいで、アパートまでずいぶん時間がかかった。玄関に入るなり私は傘を投げ出し、靴も揃えないまま部屋に上がった。

ベッドに倒れ込むと、枕に顔を埋めた。静かな部屋で、自分の鼓動の音だけが聞こえてくる。溢れる涙は行き場をなくした彼への想いそのものだった。

翌日、土曜日の午前中に弓子から連絡が入った。

「ごめん、美織。私も会いたかったんだけど、彼が大学時代からお世話になってる先輩に会うことになってさ。この週末、ちょうど帰省してるらしくて、今日しかえないらしいの。ホントにごめん！」

「いいよ、気にしないで」

電話の向こうで平謝りする弓子に私は本心から言った。

「結婚前だもん。いろんな人に挨拶もあるし、弓子も大変だよね。私はいつでも会えるし、次を楽しみにしてる」

「ホントにごめん！　ちゃんと穴埋めするから」

「いいってば」

私は内心では弓子からの断りの電話に胸を撫で下ろしていた。昨夜のダメージは大きく、夕飯のメニューを考えるのも、買い物をするのも、掃除をするのも、何一つやりたくない心境だった。

「彼によろしくね」と言って電話を終えようとすると、弓子がそれを遮るように「それでさ」と、切り出した。

「美織の話は？　何か話したかったんでしょ？　いい報告？」

弓子は私を急かすように早口に言った。電話の向こうで彼女が身を乗り出している様子が目に浮かぶ。

「うーん……それがね……」

話すかどうか迷ったが、話さずに許してもらえるとも思えず、私は観念して昨日の出来事を口にした。思い出したくないことほど鮮明に覚えているもので、話しながらまた涙がこぼれそうになる。

「何それ……。何でそんなとこに遭遇するかな……」

弓子も何と言葉をかけていいのかわからないようだった。立場が逆なら私だって困惑するだろう。

「ホント。私ってことごとく恋愛運がないみたい」

笑って茶化すくらいしか私にはできなかった。

「辛かったよね。美織は大丈夫なの？」

「大丈夫だよ」

私が返事をすると、弓子は私を元気づけるために冗談めかして言った。

「いっそのこと、若手弁護士に乗り換えちゃえば？」

「無理だよ。ついこの間、断っちゃったばかりだもん。付き合えません……って、返事したの」

「そうなの？　でも、美織が泣きついたらそれはそれで喜んでくれるかもよ」

「そうかもね……」私はすぐ首を横に振った。

「でも、できない……」

「どうして？」

「彼、本当に誠実な人だから……だからできない。それに、あっちがダメならこっちなんて、そんなに簡単にいかないよ」

そんな風にできるはずなどなかった。店長さんの気持ちを知った今でも、彼への気持ちに少しも変わりはなかったからだ。

「そっか……。そこまで好きなんだ、彼のこと」

私はうつむくだけで、返事をすることができなかった。

「いいの？　このままで」

「うん……。時間が解決してくれるって言うの？　自然に忘れられるまで待とうかな」

私はわざとらしく明るく装い、受話器を耳に当てたまま床に仰向けに寝転んだ。すると、弓子は真剣な口調で言った。

「ホントにこのままでいいの？　美織の気持ちを伝えないままで。店長さん、美織の気持ち知らないんでしょ？」

「そうだけど……。もういいの。私、職場が隣だからこれからもお店に行かせてもらうと思うし、彼に変な気を遣ってほしくないから」

彼のことを忘れられるまで、私は顔を合わせづらくなるけれど、私が彼に想いを打ち明けなければ、彼は何も変わらない毎日を過ごせるはずだ。

それでいい。彼を煩わせるようなことはしたくなかった。

「店長さんのことを気遣って言わないのはいいけど、そのままだと美織のほうは余計に辛くなるんじゃないの？　同じ終わるにしても、言って終わるのと言わずに終わるのじゃ全然違うんじゃない？」

「私は……大丈夫だよ」

「そもそも本当に終わりにしちゃっていいの？」

弓子はなかなか引き下がらなかった。

「仕方ないよ。みんながみんな想いを叶えられるわけじゃないんだから。笑う人もいれば、泣く人だっているよ」

「なんでそんな風に割り切れるのよ」

弓子は半分怒ったように鼻息を荒くした。

「ホント、美織って、ものわかりがいいっていうか、欲がないっていうか、お人好し。私だったら、絶対あきらめられない」

弓子が静かに言い放った言葉が、私の胸の奥をえぐる。

「私だってそう簡単にあきらめられないよ。だけど、昨日のことが思っていたよりもショックで……かなりの打撃」

「でしょうね」

「でしょうねって、他人事みたいに。私、あれだけでこんなに落ち込んでるのに、面と向かって断られたら、耐えられる自信なんてまったくないよ」

「だよね。美織、今までフラれたこと一回もないんだもんね」

「それは……関係ないよ」

「フラれたことがないんじゃなくて、いつもフラれるのが怖いから無難な恋にしか進めないんじゃない？　私、美織が弁護士さんじゃなくて彼を選んだ時、今までの美織とは違うって思ったんだけど、気のせいだった？」

　私は何も言い返せなかった。

「弁護士の彼じゃなくてパン屋さんを選んだ時点で、美織はもう大きな決断をしてるんだから、もう一回くらい大きなことをしてもいいんじゃない？　万が一ってこともあるじゃない。美織の聞き間違いかもよ？」

「そんなわけないよ……。ちゃんと聞いたもん」

「でも、本気で好きだったら、可能性がある限り、私なら賭けてみるけど。恥も外聞もなく、絶対すがりつくよ」

　彼女の言葉が私の心を大きく揺さぶった。

「可能性がある限りか……。少しでもあるのかな、そんなの」

「ないなんて言えないよ。それを掴めるかどうかは美織次第なんじゃないの」

二人の間にしばし沈黙が流れる。

「……ありがとう。少し考えてみる」

「うん、わかった。私は美織が後悔しないならそれでいいから」

電話を切るとスマホを床に放り投げ、ソファに倒れて目をつぶった。


私はその翌週から十分ほど早く起きるようになった。遠回りになるが、パン屋の脇道を通らずに、広い道を通って事務所に向かうためだ。考えてみれば、これが普通の経路なのだ。そう自分に言い訳するように、私は普段は通らない道を当然のように進んだ。

私にとっての難関は、パン屋の前の歩道を通過することだった。すでに店は開店していて、店内から歩道は丸見えのはずだった。かと言って、小走りするわけにもいかず、うつむいて足早に歩いた。

そんな風に過ごし始めてから一週間が経とうとしていた。弓子から後悔しないようにと言われたものの、私はあれ以来パン屋に顔を出していない。どうしても足を向けることができなかった。

今日は心にゆとりを持ちながら店の前を通り過ぎた。定休日の木曜日だったからだ。パン屋がやっていないことにホッとするなんて、以前には考えられなかったことだ。

人気のない店の前を過ぎると、空一面に広がった灰色の雲から雨粒が落ち始めた。雨は静かにアスファルトに染みていく。私は小走りにビルの入り口に駆け込んだ。

「おはようございます」前髪にかかった水滴を指先で払いながら事務所に入る。

「降ってきましたよ」

私が窓の外に目をやると、平岡さんも私の視線に誘導されるように窓の外を見た。

「今日は降らないと思ったんだけどな。天気予報だって降水確率十パーセントだったし」

「ですよね。だから私も今日は傘、持って来なかったんですけど」

「俺も。まあ……すぐにやみそうだけど」

「そうですね。早く梅雨が明けるといいんですけど」

私はそう言いながら自分の席に着いた。平岡さんも窓から顔をデスクに戻し、手元の資料をめくる。あれからも、彼がそれまでと変わらない態度でいてくれたことは私にとってこのうえない救いだった。そんな彼に比べて、自分はいったい何をやっているのだろうか。

プライベートがダメならせめて仕事だけでも充実させたい。そんな意気込みがここのところ空回りに終わっていた。書類の作成にも小さなミスが重なり、お客さまとの電話中でさえぼんやりしてしまう。

「もう……何やってんのよ……」

二人が外出して一人になった事務所で、私は両手で顔を覆ってつぶやいた。何の作業をやっても集中できず、深呼吸をしても落ち着かない。

その時、事務所のドアが開き、平岡さんが外出先から戻って来た。

「雨、やんだよ」

「そうですか。お疲れさまです」

私が顔を上げると、彼は手提げの紙袋を掲げた。

「お弁当なんだけど、二人分」

「お弁当ですか?」

「相談で訪問した家の近くにあったんだよ。依頼人にすすめられたから買わないわけにもいかなくて。成り行きで霧島さんのぶんも買っちゃったんだけど、ごめん、隣のパンのほうがよかった?」

「いえ、うれしいです。今日はパン屋さん、お休みですし」

私が微笑むと、彼は安心したようだった。

「ちょうどお昼だし、食べよっか」

「はい。お茶淹れますね」

私はそのまま席を立ち、お湯を沸かして二人分のお茶を淹れた。弁当を広げる前に財布を取り出すと、「これくらいおごらせて」と彼は笑った。

私たちは同時に手を合わせ、お弁当に箸を伸ばした。

「ん、美味しい……」

彼がうなるのを聞き、横目で見ると、彼は食べかけの卵焼きを箸で掴んだまま私を見ていた。その瞬間、二人で顔を見合わせて笑う。私が一番最初に口にしたのも黄色い卵焼きだったからだ。

「ホント、美味しいです……」

私が言うと彼は静かに微笑んだ。

「霧島さん……何かあったの？」

「え？　何かって……何もないですよ」

私は正面を向いたまま返事をして、残りの卵焼きを口にした。

「ホント、すごく美味しいですね」

静かな室内に私のセリフが浮き、雨音が響く。彼は私の横顔を見つめていた。

「相変わらず嘘が下手。俺が気づかないとでも思ってるの？　プライベートで何があったか知らないけど、それを仕事に持ち込むのはどうなのかな」

急に冷静な口調になった彼に顔が強張った。

「……すみません」

私は箸を置いた。自分でも自覚していた。ミスは許されない仕事。彼の言いぶんは当然だった。

「すみません……」

私が再び謝ると、彼が笑顔を見せた。

「冗談だよ」

穏やかな声が隣から届いた。そして、彼は私の前の弁当を見つめた。

「何かって……この頃、隣のパンを食べてないことと関係あるの？」

「え？　あ、いえ……別に……」

私がすべて言い終わらないうちから、彼は関係があると決めつけて話し始めた。

「俺の立場的には、応援する義理はないんだけど、俺にあんな啖呵《たんか》を切った以上、多少は頑張ってもらわないと」

彼の言葉に私は唖然《あぜん》とした。

「中途半端なままだったら、俺のところに来ようにも来られないでしょ？」

彼は白い歯を見せてわざとらしく笑った。

「俺のところに来るなら、ちゃんと砕けてから来てね」

「砕ける？　当たって……砕けろ？」

「そういうこと」

彼は止まっていた手を動かし、ごまのかかった白いご飯を口に運んだ。

「悔しいけど、普段真面目な君が頑張ろうとしたってこんなになっちゃうくらい、君の心の中は彼のことでいっぱいなんだよ。そのことはもうごまかしようがないんだ。認めて……前に進む努力をするべきじゃないかな?」

私は唇を噛みしめた。平岡さんに告白された時、誠実に応えようと決めたはずなのに、私はもう目を背けている。自分の気持ちを隠して、何もなかったかのように過ごそうとしている。そんなことなど、できるはずがないのに……。

「平岡さんはどうしてそんなに優しいんですか?」

「そうだな……俺って優しすぎるよね? フラれたのに」

私は下を向くしかなかった。

「好きなんだから仕方ないよね」

彼の飾らない優しさに涙が溢れた。それに気づいた彼が少し慌てた。

「さ、食べよ。午後も忙しくなるよ。二時の来客、霧島さんも同席してね」

「はい。わかりました」

私は鼻をすすって返事をしながら箸を取った。ごまのかかったご飯を口に入れるとほんのりしょっぱかった。

この日の帰り道、店の正面の〝仕込中〟の看板を確認すると、しばらくぶりにパン屋の横の路地に入った。

暗く細い道で足音に気遣ってしまうのは、トラウマにも似た感覚だったのかもしれない。角を曲がる前に一呼吸置くと、その一歩先で小さな小窓から漏れる明かりを見つけた。私は息をのみ、音を立てないように注意を払った。

定休日のこの時間に店にいるのは彼しかいない。細く開いた小窓からかすかに中に人がいる気配が感じられる。私は少しの足音も立てないように裏道へ出た。足音が届かない距離まで来たところで立ち止まり、後ろを振り返った。

彼とは一週間顔を合わせていない。しかし、目を閉じれば、彼の笑顔がまざまざとまぶたに映る。込み上げる熱が鼻の奥の痛みと合わさって涙に変わった。

再び歩き出した私はアパートに着くまでに、何度も何度も涙をぬぐった。


翌日の金曜日。朝の天気予報では梅雨明けが宣言されていた。それを証明するかのようにカーテンを開けると、目を刺すような陽射しが注いでいた。

「今日は暑くなりそう……」

私は空を見上げながらつぶやいた。

事務所に到着すると、平岡さんが窓を開けているところだった。

「梅雨、やっと明けたね」

平岡さんがその言葉にぴったりの爽やかな笑顔で言う。開け放った窓からは心地よい風が吹いていた。

この日は坂上先生も平岡さんも午前中から外出し、二人とも珍しくお昼前に戻って来た。朝以外に日中三人でいられるのはまれだった。私と同じことを思ったのか、いつもお昼時に事務所にいない坂上先生が珍しいことを言い出した。

「今日は三人で隣のパンを食べようか。霧島君、君のおすすめを買ってきてくれるかな」

「先生も今日はこちらで召し上がるんですか？」

「うん。時間に余裕がありそうだから。今日は俺のおごり。君の好みで俺と平岡君のぶんも頼むよ」

先生はそう言いながら財布からお札を抜き出した。

「はい……。でも……」

歯切れの悪い私に先生は首を傾げた。

「どうかしたの？　今日はパンの気分じゃなかった？」

「いえ、そういうわけじゃないんですけど……」

すると、脇から平岡さんが身を乗り出した。

「先生、今日は俺が選んできますよ」

「平岡君が？」

「はい。ちょっと隣の店で確かめたいこともあるんで」

「確かめたいこと？　何だそれ？」

「いや、どんなパンを売ってるか、今までちゃんと見たことなかったんで。じっくり見させてもらいます。あ、今日は俺が出しますから」

彼は財布を手にして事務所を出て行った。ドアが閉まると坂上先生は行き場のなくなったお札を財布に戻しながら私に尋ねた。

「平岡くんもパン好きなのか？」

「さあ……」

私は大袈裟に首を傾けて返事をした。私を気遣って、彼が代わりに店に出向いてくれたことには感謝するが、何をしようとしているのか内心ではとても気になっていた。

落ち着かないまま彼を待つこと数分、事務所に戻って来た彼は、案の定、部屋に入るなり何か言いたげな目で私を見つめた。

「コーヒー……淹れますね」

私が流しに立つと、彼はパンの袋を手にしたまま歩み寄って耳打ちした。

「優しそうな彼だね」

彼の言葉に真っ赤になって固まっていると、彼は冗談を添えることも忘れなかった。

「俺のほうが優しいと思うけど」

私が彼を見上げると、彼は含み笑いを残して自分の席へ戻った。

私が三人分のコーヒーを淹れてデスクに運ぶと、平岡さんもそれぞれにパンを配った。

「はい、霧島さん」

デスクに置かれたパンを見て、私は小さな声を上げた。

「平岡さん、これ……」

天使の白パンとカレーパンだった。白パンはともかく、カレーパンは辛くて食べられない。以前、平岡さんに話したことがあったはずだ。

私はカレーパンの包みを手に取った。

「平岡さん……」

「ああ、そのカレーパン。新作らしいよ」

「新作？」

私は包みを顔に近づけて中身を確認した。

「あ……」

たしかに今までのカレーパンと少し形が違う。大きさも従来の物より小ぶりかもしれない。

「中身、甘口にしてあるんだって。それなら霧島さんも食べられるでしょ?」

「あ、はい。ありがとうございます。前に話したこと、覚えていてくれたんですね」

「あ、いや、まあそれもあるけど。店の人がすすめてくれたんだよ。男の人。ワークキャップの店員さん」

「ワークキャップの……」

胸の奥が激しく反応して、心臓が大きく脈打ち、血液と一緒に全身に熱を運ぶ。あの店でワークキャップを被っているのは彼一人だ。

「その店員さん、俺が霧島さんと同じ事務所で働いてるって知ってたよ。何回か霧島さんと一緒に行ってるからかな。彼、君のこと聞きたかったんじゃないかな。結局俺には何も聞いてこなかったけど」

私はもう少しで手の中のカレーパンを潰してしまいそうだった。

「とにかく食べようよ。お腹空いた」

私は声が出せず、何度も小さくうなずいた。

カレーパンに恐る恐るかじりつく。サクッとした表面の衣の中からはまだアツアツのとろみのついたカレーが溢れ出てきた。甘くてそれでいてコクのある味わいだった。私にもちゃんと食べられる。

「美味しい……」

涙が溢れそうになるのを耐えながら、私は二つのパンをゆっくりと噛みしめながら味わった。

その日の帰り、店に寄ろうか迷ったが結局真っ直ぐに帰宅した。本当は「新作のカレーパン、美味しかったですよ」とすぐにでも伝えたかったのに。

けれど、夜になってそんな私の背中を押す出来事が起こった。約束もなしに弓子がアパートを訪ねてきたのだ。

「どうしたの急に？　今日は早上がりの日じゃないよね」

「そうだけど、この前、穴埋めするって言ったでしょ」

「まあ……。でも連絡くらいくれたらよかったのに。何にも作ってないよ」

「いらない、いらない。持って来たから」

弓子はそう言って持参した紙袋からワインとチーズを取り出した。

「穴埋めのためにお取り寄せしたブルーチーズだよ。結構高かったんだから」

「そうなんだ。ありがとう。簡単なものなら作れるから待ってて」

私が弓子に背を向けて準備を始めようとすると、彼女が私を呼び止めた。

「それで、これがもう一つのお土産」

「もう一つ？　何？」

振り返ると、テーブルに見慣れた袋が置かれてある。

「弓子、それ……」

私は思わず一歩踏み出した。

「帰りに寄ってみたの。彼がどんな人なのか気になったしね」

「……え、ちょ、ちょっと弓子、変なこと言ってないでしょうね？」

「変なことは言ってないよ。でも、美織の友達ですって自己紹介はしたけどね」

弓子はそこで少し間を置いた。

「……最近、お店行ってないんだって？　彼、心配してたよ」

「嘘……」

「ホント。『霧島さん……具合でも悪いんでしょうか？』ってさ。『まあ、ある意味』って答えといたけどね。あ、私、間違ってないでしょ？　今日はこれをお見舞いに持って行くって言ったら、彼、このパン、五枚に切ってくれたよ」

彼女はテーブルの上のパンの袋を手にして、私に差し出した。

「『霧島さんは五枚ですから』って」

私はパンの袋を受け取り、胸の前で抱えた。

「彼……美織が選びそうな人だなって思ったよ」

私は手元の食パンを見つめた。そしておもむろに食パンの包みを開け、一枚だけ取り出すと、そのまま口に運んだ。

もう焼きたてではないが、温もりがゆっくりと伝わってくる。何もつけずに食べた食パンは、噛むほどにほのかに優しい甘みが口の中に広がった。

まぶたに込み上げる熱が一瞬にして涙に変わる。私の瞳から次々に涙が溢れ出した。

「パン屋さんてさ、いったい何考えて作ってるんだろうね。一日中、繰り返し繰り返し、あんなにもたくさん」

彼女の質問の答えは私にはわからなかった。わからなかったが……どこかわかるような気がした。彼が思っていること、彼が考えていること。それをこのパンが伝えてくれているような気がする。

口に広がる甘みを噛みしめながら、私はもう自分の中にわき上がる感情を抑えることができなかった。

涙を拭きながら時間を確認すると十九時半。店が閉店して片づけをしている頃だ。

「弓子、ごめん。私、ちょっと出てきていい？」

喉の奥が引きつるように痛かった。

「え？　あ、うん。もちろん！　私、待ってるから！」

私は彼女に留守を頼んで飛び出すように部屋を出た。梅雨が明けてカラリと晴れた夜空の下を駆け出した。

私は認めなければならない。私が店に足を運んでいたのは、常連の意地でも義務でもない。ただ、彼に会いたい一心だったのだ。

当たって砕けてもいい。その時は本当の常連客となって、パンを求めてあの店に通うことができるだろう。

私は時折涙をぬぐいながら、彼のいる場所を目指して必死に走った。


店に着くと、裏の小窓はオレンジ色に染まっていた。店内ではまだ片づけを行っているところだろう。すぐそばに彼がいると思うだけで走った後の動悸とは別に、鼓動が大きく波打つ。せめて呼吸を落ち着かせようと、立ち止まったまま深呼吸をしていると、突然裏口が開いてしまった。

身を隠す場所もなく、心の準備も整わないまま、私は裏口の向かいで立ちすくんでいた。驚いたことに店内から現れたのは彼ではなく、橋本さんだった。これはある意味、彼と出会うよりも間が悪い。彼女も扉を開けるなり目に飛び込んできた私の姿に、私以上に驚きの表情を見せた。彼女はいつも彼がそうしているように大きなゴミ袋を抱えていた。

「霧島さん……」

「……こんばんは」

私は鼻声で返事をする。どんな顔をしていいのか戸惑いながら、今が夜でよかったと思った。

　彼女は足元にゴミ袋を降ろすと、私に歩み寄った。それを見た私も彼女と同じように距離を縮めた。

「霧島さん……最近ずっとお見えにならないからみんなで心配してたんですよ。もしかして、仕事をお休みされてるんですか？」

　本気で心配してくれているようだったので、私はさらに彼女との距離を詰め、しっかりと否定した。

「すみません。心配していただいてたなんて知らなくて。私なら大丈夫なんです。元気ですから」

　薄暗くてもお互いの表情が読み取れる距離まで来ると、彼女はホッとしたのか少し疲れた笑顔を見せた。

「よかった……」

　そして、一度伏せた視線を上げた。

「店長呼んできましょうか？　店長も心配してたみたいだから……。霧島さんの顔を見たら、きっと喜びます……」

　彼女の笑顔が寂しげに曇った。

「あ、いえ。……いいんです」

　今ここで彼に出て来られても、余計に事態が混乱するだけだ。しかし、彼女には私がここにいる理由がわかってしまったのかもしれない。普通なら、どうしてこんな時間にここにいたのかと真っ先に尋ねてきそうなものだ。だが、彼女はそれを聞いてこなかった。

「ずっと、気にしてたんです。霧島さんが店に来なくなったのは、私のせいなんじゃないかって……」

　彼女が私を上目遣いに見た。

「私が……店長に告白した直後から来なくなっちゃったから……」

私は視線を左右に揺らしながら地面に落とした。一つ深呼吸した後、肩が上がるほど大きく息を吸い込むと口を開いた。

「ごめんなさい。私、その日、いつもみたいにその横の路地から帰ろうとして、その場面に出くわしてしまったんです。盗み聞きするつもりなんてなかったんですけど、少しだけ話が聞こえてしまって……。あの、もちろん全部は聞いてません。途中で反対側に引き返しちゃったんで」

「やっぱり……。途中までってどこまでですか？　霧島さん、たぶん勘違いしてると思うんです」

「勘違い？」

「そうです。もしもその日を理由に霧島さんが店に来られなくなってるんだとしたら、たぶん……いえ、絶対勘違いしてるんだと思います。どこまで聞いたんですか？」

「どこまでって言うと……橋本さんが店長さんに……私の名前を出したあたりです。私のことが好きなのかって。私に彼を支えるのは無理だって。そしたら店長さんが支えてもらおうなんて思ってないって……」

するると、彼女は苦悶の表情を見せたかと思うと、手のひらで顔を覆った。

「ごめんなさい。勘違いさせちゃって……。私、あの日。焦って店長に告白しちゃったんです。店長を霧島さんに取られちゃうと思ったから」

「どうして……」

私の気持ちは気づかれないように隠していたつもりだ。何より私自身、自分の気持ちに気がつくまでに時間がかかった。それなのに、彼女がどこでそんなことを感じたのかわからなかった。

「どうしてって、わかりますよ。二人の間の空気っていうか。とにかく見てればわかるんです」

彼女は遠い目をしてかすかに微笑んだ。

「霧島さん、店長の話には続きがあったんですよ」

「続き……ですか？」

「はい。店長が霧島さんに支えてもらうつもりはないって言った後です」

その先を聞くのは怖いがもう後戻りはできない。そのためにアパートを飛び出して来たのだ。私は黙って彼女の言葉を待った。

「前に、店長の過去の恋愛のことお話ししましたよね？」

「……あ、はい」

「あの頃の店長、彼女が自分の仕事や生活を理解してくれないことにすごく落胆していたんです。結婚相手としてふさわしくないとまで言われて。だから霧島さんとだと、また同じことを繰り返すだけだと思ったんです。でも店長は、以前の彼女とうまくいかなかったのは自分のわがままのせいだって。彼女には、彼女自身の仕事や夢があったのに、一緒に働いて支えてほしいなんて、自分の都合を押しつけたのが間違いだったって……」

彼女はそこまで言うと目を閉じて、一つ大きく息を吐いた。

「霧島さんを見ていてそれに気づいたそうです。同じ厨房に立っていなくても、霧島さんがこの店に来て笑顔を見せてくれるだけで励みになるって。だから、霧島さんに支えてもらおうなんて思ってないって……」

彼女はそこまで言うと、鼻を小さくすすった。そして、私から顔を背けて指先で目元をぬぐった。

「私、あの時、店長の話を聞いててすごく悔しかった。いつもこんなにそばで支えてるつもりだったのに、店長が必要としているのは霧島さんの笑顔だったなんて……」

私に向けた彼女の顔は涙に濡れていた。私の目からも涙が溢れ、頬を流れていった。

彼女は涙をぬぐうと、ゴミ袋を持ち上げてダストボックスへの分別を始めた。そして、手早くそれを済ませると、笑顔で私を振り返った。

「店長呼んできますね。霧島さんに早く何とかしてもらわないと、スタッフの私たちが困っちゃう。店長、失敗も増えたし、この前なんてオーブンで火傷したんですよ。店の存続にかかわります」

彼女はおどけて言うと、最後に小さく微笑んでドアノブに手をかけた。

「店長のこと、笑顔にしてあげてください。自分がそうできないのは残念だけど、やっぱり好きな人には笑顔でいてほしいから……」

彼女の気持ちは痛いほどわかった。私だって彼の笑顔が見たい。できることなら今すぐにでも……。

私がそう願った次の瞬間、彼女と入れ違いにドアの向こうから彼が現れた。いつものように、ワークキャップにエプロン姿で。

「霧島さん……」

私はその場で泣き崩れた。彼がいつものように微笑みかけてくれたからだ。それは、

笑んだ。

私がずっと会いたかった笑顔だった。

「すみません……。まだお仕事中なのに」

すぐに涙を止められず、私がやっと立ち上がると、彼は「大丈夫ですよ」と優しく微笑んだ。

「もう……来てくれないのかと思いました」

「違います。ごめんなさい……」

私は首を大きく横に振った。

「これからもお店に来たかったから……。だから、自分の気持ちの整理がついてからにしようと思って……。店長さんのこと、忘れなきゃいけないと思っていたから……」

すると、彼は無造作にワークキャップを脱ぐと、その場に座り込んだ。

「よかったぁ……」

初めて見る彼の疲れきった表情だった。普段お客さんには決して見せることのない顔。

それは、彼が私だけに見せてくれた素顔だと思った。

「そんな顔させて本当にごめんなさい」

私はそう言いながら彼の隣にしゃがんだ。

「橋本から聞きました。こちらこそ勘違いさせちゃって、すみません」

「謝らないでください。私が勝手にそう思い込んだだけですから」

私が彼に顔を向けると、彼もこちらを向いた。

「でも、そんな偶然ってあるんですね……」

「本当ですよね……。私も何であのタイミングでここに来ちゃったんだろうって、すごく後悔してました。知らなければ、変わらずに過ごせてたのにって」

「でも、それを経て今のこの瞬間があるのかな？」

彼は微笑みながら続けた。

「それがなかったら、僕たちはもっと遠回りしてたのかな」

「……そうですね」

「じゃあ、そんな偶然にも感謝しないといけないですね」

「そうですね」

私にも笑みが生まれる。

「明日は……店に来てくれますか？　あ、土曜日か」

「来ます！　絶対に来ますから！」

「そっか、ならうれしいな」

彼の笑顔に胸の奥が締めつけられる。少しの沈黙の後、私は自分の気持ちを遠回しに切り出した。

「甘口のカレーパン、すごく美味しかったです」

「月曜日に出して、その日のうちに霧島さんに食べてほしかったけど、その日から来なくなったから、メチャクチャ落ち込んでましたよ」

「ごめんなさい」

「冗談ですよ。……いや、本当のことかな」

「すみません」

「あれ、僕の力作です。でも、出してからすごくウケが良くって、結構人気です」

「わかります。大きさもちょうどいいし、具もたっぷり。甘くて美味しい」

私は今日食べたばかりのカレーパンの味を思い出して思わず目を細めた。

「よかった……」

彼は喉の奥から絞り出すように言った。

「これが、この仕事をしててよかったと思える瞬間なんですよ。店名のＶｏｔｒｅ《ヴォートル》ｐａｉｎ《パン》って〝あなたのためのパン〟って意味なんです。僕らのパンで誰かが笑顔になってくれるのはもちろんうれしいけど、自分の大切な人を笑顔にできるならもっとうれしい」

彼はそこまで言うと、少し考え込むように黙った。そして、照れくさそうに正面を向いて言った。

「こういうのが遠回りなのかな……。〝大切な人〟っていうよりも、自分の〝好きな人〟

を笑顔にできるなら、その何倍もうれしいです。ここのところは誰かのためにっていうより、霧島さんに喜んでほしくて、かなり私情を挟んで新作を練ってましたから」

彼は自分の言葉を茶化すように言ったが、私は目頭が熱くなった。彼の言葉だけじゃなく、こんな近くで彼と話せるなんて夢みたいだった。もしも夢だとしたら醒めないうちに伝えておこう。

「私も、お店のパンはもちろん大好きですけど、毎日通っていた理由は少し違ったのかもしれません。会いたかったです。店長さんに……」

昼間なら耳まで真っ赤になっていることがバレてしまうけれど、夜だからこんなに近くで顔を見合わせていられるのかもしれない。

「これ……夢かな？」

「そうじゃないといいですけど……」

見つめ合う瞳の距離は十五センチもないほどに近い。彼はまだ仕事中。お互い不謹慎だと思いつつも、強く惹かれ合う気持ちは私たちの距離をさらに縮めた。ほのかな月明かりに照らされながら、私たちの唇は静かに重なった。

唇を離すと、彼が指先で私の濡れた頬を慈しむようにぬぐってくれた。

「泣かないで……」

私は自分の涙で濡れた彼の手を握った。彼のほうこそ、泣きそうなくらい優しい顔をしている。

「店長さんこそ……」

私はそう言いかけて彼を見つめ直した。

「……名前……聞いてもいいですか?」

彼は私に深い笑みを返した。そして、彼の口がゆっくりと開き、私は初めて彼の名前を知った。

私はこうやって一つずつ彼のことを知っていく。どんなに些細なことでもいい。少しずつだって構わない。教えて欲しい。これからもずっと、あなたのとなりで……。

End

となりのふたり

発行――●二〇一六年六月二十五日　初版第一刷

著者――●橘いろか

発行者――●須藤幸太郎
発行所――◉株式会社三交社
〒一一〇―〇〇一六
東京都台東区台東四―二〇―九
大仙柴田ビル二階
TEL 〇三（五八二六）四四二四
FAX 〇三（五八二六）四四二五
URL：www.sanko-sha.com

本文組版――●softmachine
印刷・製本――●シナノ書籍印刷株式会社
装丁――●ビーニーズデザイン　野村道子

Printed in Japan

ISBN 978-4-87919-272-1

エブリスタWOMAN

EW-018

雨がくれたキセキ

桜井ゆき

鈴那は勤務先の上司と付き合っていたが、突然別れを告げられ、さらに解雇を言い渡されてしまった。途方に暮れ、居場所を求めてさまよう彼女が、苦悩の末にたどり着く場所とは?

EW-019

だからサヨナラは言わない

西島朱音

老舗呉服店の長女として生まれた大河内柚花。大河内家には「男子に恵まれなかった場合、長女が二十歳になるときに、当主が選んだ者と契りを結ぶ」というしきたりがあった。柚花は運命を変えるため家を飛び出す。彼女を待ち受けるのは、希望 or 絶望?

EW-020

泣きたい夜にもう一度

周桜杏子

森園すず、33歳、独身。恋愛なんて面倒くさい。可愛げのない女代表。だけど、ふと訪れたダイニングバーで出会った男が、忘れていた女の性をくすぐる。そして、その男との再会が、彼女の人生を大きく変えることになる。

EW-021

MONSTERの甘い牙

橘いろか

突然社長が倒れ、代わりにやってきたのは超俺様男。社長秘書の望愛は、そんな彼に翻弄されながらも業務を全うしようと必死に頑張るのだが……。社長室と秘書室で繰り広げられる、切なくも甘い社内恋愛物語。

EW-022

もう一度、恋をするなら

北川双葉

千沙は出張先の大阪支社で出会った男に惹かれ、その日のうちに身体の関係を結んでしまう。しかし、彼の意味深な言動に一喜一憂する毎日。彼への恋熱をどうすることもできない千沙は、ある決断をするが……。

エブリスタWOMAN

EW-023

恋愛における思想相互の法則と考察

鬼崎璃音

女子大生の瑠夏は、憧れの講師、藤乃川と交際を始めるが、その交際は【電話だけ】という条件付き。さらに藤乃川にはある魂胆があった。それでも一途に想い続ける瑠夏に、頑なだった藤乃川の心はほぐれていくのだが……。

EW-024

サンタクロースな彼は湯の町Flavor

竹久友理子

派遣OLの沙織は次の勤務先が決まらず焦っていた。そんなとき、旅館を営む実家が緊急事態と知り帰ってみると、長身で白い肌に金髪、そしてブルーの瞳の外国人が客として訪れた。この出会いが沙織の人生を大きく変えることになる。

EW-025

スニーカーを履いたシンデレラ

江上蒼羽

「キミ……華がないんだもの」という理由で、職場をクビになった直井華。しかし再就職先で待ち受けていたのは、仕事はできるが完璧主義の俺様上司だった。すり切れたスニーカー女子にも、シンデレラになれる日が訪れるのか!?

EW-026

INNOCENT KISS

白石さよ

大手商社で女性初の海外駐在員に選ばれた美紀。帰国してみると、海外赴任をきっかけに別れた彼は新しい恋人と近々結婚するという。気丈に祝福したものの、空しさがこみ上げてきて会社の後輩と過ちを犯してしまった。彼女の行き着く先は……

EW-027

秘蜜

中島梨里緒

夫のポケットから出てきた知らない女性の携帯番号。夫への浮気の疑惑と、未来を捨てた年下男との出会いが10年の結婚生活を破壊させていく。夫、妻、年下男…3人がたどり着く先は？ ラストまで目が離せない禁断のラブストーリー。

エブリスタWOMAN

EW-028

妊カツ

山本モネ

大学時代の同級生二人がひょんなことから再会を果たす。ともに35歳独身。性格は違うが共通する悩みは迫りつつある妊娠・出産のリミット。恋を取って、子供をあきらめるか。恋を捨てて、子供をとるか。究極の選択に二人が出した答えは!?

EW-029

狂愛輪舞曲

中島梨里緒

過去の苦しみから逃れるために行きずりの男に抱かれ、まるで自分へ罰を与えるように地獄の日々を過ごす高野奈緒。そんな彼女が、かつて身体の関係を結んだ男と再会する。複雑に絡み合う人間模様。奈緒の止まっていた時間が静かに動き始める。

EW-030

もっと、ずっと、ねえ。

橘いろか

ひかるには十年会っていない兄のように慕っていた七歳年上の幼馴染みがいる。そんな二人がひかるの就職を機に再開したが……。少女の頃の思い出が温かすぎて、それぞれの想いに素直になれない、もどかしい恋物語。

EW-031

マテリアルガール

尾原おはこ

小川真白、28歳。過去の苦い恋愛経験から信じるのはお金だけ。愛の言葉をささやかれても、いい思いをさせてくれない男とは付き合わない。そんな彼女の前に、最高ランクの男が二人現れる。一方で、過去の男たちとの再会に心が揺さぶられ、自分を見失いそうになるが……。

EW-032

B型男子ってどうですか?

北川双葉

凛子は隣に引っ越してきた年下の美形男子が気になり始めるが、苦手なB型だとわかる。そんな折、年上の紳士(O型)と出会い、付き合ってほしいと告白される――。B型アレルギーだと信じ込むばかりに、本当の気持ちになかなか気づくことができない凛子。血液型の相性はいかに!?

エブリスタWOMAN

EW-033

札幌ラブストーリー

きたみ まゆ

タウン情報誌の編集者をしている由依は、就職して以来、仕事一筋で恋はご無沙汰。そんな仕事バカの彼女がひょんなことから、無愛想な同僚に恋心を抱いてしまう。でも、その男には別の女の影が……。28歳、不器用な女。7年ぶりの恋の行方はいかに⁉

EW-034

嘘もホントも

橘いろか

地元長野の派遣社員として働く香乃子は、ひょんなことから、横浜本社の社長秘書に抜擢される。異例の人事に社内では「社長の愛人」とささやかれ、秘書室内での嫌がらせは日常茶飯事。そんな逆風の中、働きぶりが認められ、正社員への道が開かれるが……。過去と嘘と真実が交わる中、香乃子の心が行きつく果ては？

EW-035

優しい嘘

白石さよ

瀧沢里英は、上司の勧めで社内一のエリート・黒木裕一と見合いをした。それは元恋人、桐谷寧史にフラれたことへの当て付けだったが、その場で黒木はいきなり結婚宣言をする。婚礼準備が進むなか、里英の気持ちは次第に黒木に傾いていく。しかし一方で、彼女はこの結婚の背後に隠された〝秘密〟に気づき始める。

EW-036

ウェディングベルが鳴る前に

水守恵蓮

一ノ瀬茜は同じ銀行に勤める保科鳴海と結婚した。しかしハネムーンでの初夜、鳴海の元恋人が突然二人の部屋に飛び込んできて大騒動になる。鳴海は彼女を送っていくと言ったまま、その夜帰ってこなかった。激高した茜は翌日ひとりで帰国の途に就き鳴海に離婚届を突きつけるが……。

EW-037

なみだ金魚

橘いろか

美香子と学は互いに惹かれ合うが、美香子は自身の生まれ育った境遇から学に想いを伝えることができない。一方、学は居心地のよさを感じ、ふらりと美香子のアパートを訪れるようになった。そんな曖昧な関係が続き二年の月日が流れた頃、運命の歯車が静かに動き始める……。

エブリスタWOMAN

EW-038

TWINSOULS《ツインソウル》

中島梨里緒

遥香は別れた同僚の男と身体だけの関係を続けている。ある日、帰宅途中の遙香の車が脱輪しているところを、偶然通りかかったトラックドライバーが助けてくれた。お礼も受け取らずに立ち去ったドライバーのことが気になっていた矢先、遥香の働く会社に彼が現れる。この再会は運命か、それとも……。

EW-039

Lovey-Dovey 症候群《シンドローム》

ゴトウユカコ

高梨涼は不倫相手に「妻と別れることができなくなった」と告げられる。自暴自棄に陥った涼は泥酔の果て、立ち寄ったライブハウスで少年のようなヴォーカルの歌声に魅了された。翌朝、隣には昨夜の少年が裸で眠っていた——。恋に仕事に揺れ動く26歳と心に傷を負った18歳の年の差の恋が、今、始まる。

EW-040

バタフライプリンセス

深水千世

大学生の田村遼は男らしい性格のせいで彼氏に振られて酔いつぶれてしまう。そんな遼を助けてくれたのは、Ｂａｒ『ロータス』のバーテンダー・信幸だった。変わりたいと思い、ロータスでアルバイトを始めた遼だが……。素直になれない【さなぎ】は蝶のように羽ばたくことができるのか⁉

EW-041

雪華 〜君に降り積む雪になる

白石さよ

控えめな性格の結子は大学で社交的な香穂と出会い仲良くなったが、二人とも同級生の篤史を好きになってしまう。結子は気持ちを明かすことができず、香穂と篤史が付き合うことになり、結子の恋はそこで終わった。だが、香穂の死が結子と篤史を繋げてしまう。二人のたどり着く先は——？

EW-042

再愛 〜再会した彼〜

里美けい

白河葉瑠は高校の時、笑顔が素敵で誰からも好かれる楢崎怜斗に恋をした。奇跡的に告白が実ったが、大学に進学したある日、彼から一方的に別れを告げられた。それから八年、心の傷を癒せないままの葉瑠が異動した先で再会した怜斗は、無愛想で女嫌いな冷徹エースへと変貌していた——。